눈부신 '나'를 발견하는 특별한 순간

Demian's Project

# 데미안 프로젝트

눈부신 '나'를 발견하는 특별한 순간

Demian's Project

# 데미안 프로젝트

정여울 지음

당신 안에는 분명 찬란한 무한이 있다

**일러두기**

1. 이 책은 국립국어원의 한글 맞춤법과 외래어 표기법을 따랐으나, 독일어 표현이나 심리학에 쓰이는 일부 용어에는 예외를 두었습니다.
2. 단행본으로 출간된 문학작품 등의 책은 《 》 기호로, 명화, 영화, 연극, 클래식 곡 등의 작품명은 〈 〉 기호로 표기했습니다.
3. 본문에 인용된 헤르만 헤세Hermann Hesse의 소설 《데미안*Demian:Die Geschichte von Emil Sinclairs Jugend*》(S. Fischer Verlag, Berlin:1921(1919))과 그 외 외국 저서의 내용은 정여울 작가의 번역임을 밝혀둡니다.
4. 본문 인용 중 별다른 출처 표시가 없는 것은 정여울 번역의 《데미안》입니다.

당신을
이 은밀하고 위대한
'데미안 북클럽'으로
초대합니다.


_정여울

우리는 끝없는 가능성의 장,

그 첫 페이지의 첫 구절입니다.

_러디어드 키플링Rudyard Kipling

# 나의 눈부신 데미안을 위하여

얼마 전 한 고등학교에서 《데미안》 강의를 하다가 학생들에게 이런 질문을 했습니다.

"여러분의 인생에 데미안 같은 사람이 있었나요? 여러분에게 데미안은 어떤 존재인가요?"

몇몇 아이들의 눈이 초롱초롱 반짝이기 시작했습니다. 한 아이는 손을 들어 꼭 말을 하고 싶어 했지요. 저는 학생에게 마이크를 주었습니다. "제가 초등학생 때 태권도 사범 선생님이 계셨는데요. 그 선생님이 저에게는 데미안 같아요. 선생님은 제가 다른 아이들에게 따돌림을 당하고 있었을 때, 저를 구해 주셨거든요. 아무도 저를 괴롭히지 못하게, 다른 아이들의 공격으로부터 저를 구해주셨어요. 그리고 태권도 사범님은 인생의 목표가 없었던 저에게 인생의 길을 보여주신 것 같아요. 저도 어른이 되면 그 선생님처럼, 어려움을 겪고 있는 다른 사람을 돕고 싶어졌어요." 저는 그 학생에게 뜨거운 박수를 쳐주었습니다. '나는 이 아이의 이 목소리를 듣기 위해 이 머나먼 길을 떠나왔구나'라는 생각이 들었습니다. 이것이 독서의 아름다운 쓸모지요. '자신이 실제로 겪은 삶'을 '자신이 읽은 책'으로 은유할 수 있는 능력. 우리 안에도 싱클레어처럼 연약한 측면이 있고, 우리 인생에도 한 번쯤은 데미안처럼 눈부신 멘토를 만나 구원받을 눈부신 기회가 있었다는 것을 깨닫는 강력한 체험. 그것이야말로 세상 그 무엇과도 바꿀 수 없는 아름다운 내적 체험이고, 책 속에 푹 빠져 그 안의 인물과 나 자신의 삶을 완전히 동일시해 본 적이 있는 사람만이 느낄 수 있는 간절한 일체감입니다.

저의 《데미안》 특강이 끝난 뒤, 수업 시간 내내 눈을 반짝이던 한 아이가 저에게 다가와 살짝 말해주었습니다. "작가님, 제 안에도 카인이 살고 있는 것 같아요. 그리고 제 안에도 데미안이 살고 있는 것 같아요." 저는 미소 지으며 아이의 어깨를 두드려 주었습니다. 우리는 그렇게 '카인과 데미안과 아프락사스의 공동체'에 남몰래 가입한 것입니다. 주어진 시스템에 무조건 순하게 복종하는 아벨의 세계가 아니라 그 어떤 권력에도 순응하지 않고 오직 자신의 힘으로 세상을 개척해 나가는 카인의 세계. 타인의 시선이 두려워 그 누구에게도 고통을 말하지 못했던 싱클레어가 아니라, 그 누구에게도 굴하지 않는 강철 같은 영혼을 지닌 데미안의 세계로. 우리는 드디어 입문한 것입니다. 당신이 진정 새로운 삶을 향해 나아갈 준비가 되었다면, 데미안은 당신을 반드시 찾아갈 것입니다. 연약하기만 했던 싱클레어가 마침내 자살할 뻔한 친구 크나우어의 영혼을 구원했을 때처럼, 당신도 언젠가는 '상처 입은 치유자wounded healer'가 되어 누군가의 고통받는 영혼을 구해낼 수 있을 것입니다. 당신이 이 책을 읽고 용기를 내어 《데미안》을 다시 읽고, 자기만의 감상을 종이 위에 적을 수 있다면, 데미안에게 손편지를 쓸 수 있을 정도로 친밀해질 수 있다면, 마침내 당신의 인생에도 데미안이 있었음을 깨닫는 순간이 온다면, 어느새 당신은 이토록 찬란한 '카인과 데미안과 아프락사스의 공동체'의 특별회원이 되어 있을 것입니다.

돌이켜 보면 제게도 데미안이 있었습니다. 심지어 제 인생에는 여러 명의 데미안이 있는 것 같습니다. 초등학교 시절 단한 명뿐인 친구를 잃고 나서 제가 '나는 항상 혼자였구나'라고 느꼈을 때 제게 뜨개질을 가르쳐 주며 먼저 다가와 주었던 초등학교 때 친구 현주. 집안 형편이 어려워 대학원 공부를 그만둘 뻔했던 시기, 밤새워 PC방에서 논문을 쓸 때 제 곁에서 같이 밤을 지새워 주었던 저의 눈부신 친구 S, 스물다섯 이후 저의 방황을 함께해 주고 제가 아무리 숨기려 해도 제 고민을 반드시 탄로나게 만드는 저의 끈질긴 소울메이트 이승원 작가님, 제가 문학평론가로 데뷔하고 나서 문단에는 아무도 친한 사람이 없다고 느낄 때 저에게 먼저 다가와 다정하게 말을 걸어주었던 고故 황광수 선생님. 《데미안》을 읽고 또 읽으며 필사하고 해석하며 그 작품을 완전히 내 것처럼 만들지 않았더라면, 저는 제게 다가와 준 그 수많은 멘토가 곧 나의 소중한 데미안들이었음을 알아채지 못했을 것입니다.

《데미안 프로젝트》는 아직 충분히 발휘되지 못한 '나의 숨은 잠재력'을 발견하는 작업입니다. 여러분의 마음속에 어떤 멋진 모습이 숨어 있는지 찾아내는 작업이기도 합니다. 여러분의 잠재력은 지금 충분히 발휘되지 못하고 에고의 두꺼운 장벽에 가려져 있습니다. 에고의 장벽에 가려 보이지 않는 아름답고 눈부신 셀프self의 모습을 찾아가는 과정이 《데미안 프로젝트》의 꿈이기도 합니다. 《데미안 프로젝트》는 우리 안에 숨어 있는 데미안을 발견하는 것입니다. 《데미안 프로젝트》는 내 안에 숨어 있는 데미안, 에바 부인, 아프락사스, 그리고 카인의 에너지를 마음껏 꺼내어 발산하는 찬란한 개성화의 길을 향한 기획입니다. 내 안에 카인이 있고, 데미안도 있다는 것을 깨닫는 순간. 우리는 깊이 감춰져 있던 셀프의 모습과 만나게 될 것입니다.

그러고 보면 이 얼마나 축복받은 인생인가요. 책을 제 편으로 만들었기에, 온 세상의 아름다운 책을 다 읽고 싶다는 강렬한 욕망을 사춘기 때부터 불태워 왔기에, 우리는 비로소 전 세계에 퍼져 있는 '데미안 북클럽(결성된 적은 없지만, 분명히 존재하는 데미안의 열광적인 팬들)'의 일원이 될 수 있었습니다. 아름다운 책은 그렇습니다. 그 책을 읽고 감동 받은 수많은 사람의 보이지 않는 공동체 속으로 우리를 가뿐히 입장시켜 줍니다. 우리는 그렇게 보이지 않지만 분명히 존재하는 아름다운 책들의 공동체 속으로 기꺼이 진입하여 다시는 그 클럽에서 마음대로 탈퇴할 수 없습니다. 그것은 눈부신 특권이기에. 그것은 삶을 다르게 살 수 있는 아름답고 찬란한 기회이기에. 다시는 놓고 싶지 않은 특권이기에.

그리하여 당신을 이 호들갑스러운 유튜브의 세상에서도 여전히 위대하고 찬란한 내면의 빛으로 우리를 이끌어 주는 데미안 북클럽으로 초대합니다. 온 세상을 다 껴안을 수 있을 것만 같은 기꺼운 마음으로.

바로 당신을 이 눈부신 깨달음의 세계로 초대합니다.

# 차례

## 여는 말

# 아직도 '진짜 나 자신과의 만남'을
# 미루고 있나요

오래전부터 '오직 《데미안》만을 깊이 읽고 해석하며 마침내 나만의 새로운 작품으로 재창조하는 강좌'를 개설하고 싶었습니다. 제가 가장 많이 의뢰받은 강좌 중 하나가 '정여울의 데미안 읽기'였는데, 항상 정해진 두 시간의 강연 시간이 턱없이 모자라 저도 독자들도 아쉬워했기 때문입니다. 그 두 시간이라는 시간적 한계를 뛰어넘어 마음껏 싱클레어와 데미안, 에바 부인과 대화할 수 있는 시간을 마련하게 되어 기쁩니다. 《데미안》은 읽을 때마다 새로운 감동으로 제 마음의 문을 두드립니다. 수십 번 다시 읽어도 싱그러운 깨달음의 기쁨을 줍니다. 이토록 저를 오랫동안 매혹시킨 텍스트는 흔치 않습니다. 읽을 때마다 새로운 표정으로 제게 말을 거는 싱클레어의 사랑스러운 수줍음과 극단적인 예민함, 마치 온몸에 힘을 빼고 거대한 나뭇등걸 위에 철퍼덕 기대는 듯한 편안함을 주는 데미안의 늠름함, 이루 말할 수 없이 신비롭고 관능적이면서도 동시에 끝없는 비밀을 간직한 듯한 에바 부인의 속삭임. 이것들이 제게는 '미루고 또 미루어 온, 진정한 나 자신과의 만남'을 위한 아름다운 여행의 과정으로 느껴집니다.

저는 때로는 싱클레어의 극단적인 예민함으로 세상을 바라보느라 매일 살얼음판 위를 걷듯 위태로웠고, 크로머 못지않게 사악한 악당들에게 영혼을 탈탈 털려 무참하게 무너진 적도 있으며, 피스토리우스처럼 멀리서 보면 매력적이지만 가까이서 보면 편협한 나르시시즘에 빠진 사람들에게 진정한 제 모습을 빼앗기기도 했습니다. 데미안처럼 위대한 스승을 갈구하기도 했고, 에바 부인처럼 신비롭고 매력적인 존재를 만나기를 꿈꾸기도 했습니다. 때로는 제 인생이 그렇게 아름다운 개성화individuation의 길 위에 서 있지 않다고 자책하며 지금까지 걸어온 길을 부정하기도 했습니다. 하지만 지금은 그 모든 좌충

우돌의 과정이 끝내 '나 자신이 되기 위한 여정', 즉 눈부신 개성화의 길이었음을 기쁘게 받아들입니다.

　이 책이 《데미안》을 오랫동안 책장에 꽂아두었지만, 어렵거나 부담스럽게 느껴져서 미처 다 읽지 못한 독자들, 《데미안》을 좋아하기는 하지만 도대체 무슨 말을 하는 것인지 잘 모르겠다는 생각 때문에 남몰래 괴로웠던 독자들, 그리고 아직 《데미안》의 독자는 아니지만 언젠가는 꼭 완독하겠다는 멋진 계획을 세워두신 분들에게 도움이 되었으면 좋겠습니다. 당신이 '언젠가 진짜 나 자신과 독대할 수 있는 용기가 있다면 《데미안》을 읽겠다'고 결심했던 사람이라면, 더더욱 이 책을 선물하고 싶습니다. '나 자신과의 진정한 만남'은 결코 내일로 미룰 수 있는 과제가 아니기에. 부끄럽고, 부족하고, 끔찍하고, 위험할지라도, 이 세상 그 어떤 명함이나 직책으로도 가려지지 않는 나 자신의 투명한 영혼과 만나는 일은 결코 미룰 수 없는 과제이기에. 너무도 싱그럽고 매혹적이며 찬란한 경험이기도 하기에. 오직 나 자신만 알아볼 수 있는 내 안의 진짜 데미안을 만나는 일은 이 세상 어떤 만남보다 설레고, 눈부시고, 놓칠 수 없는 경험이기에.

로버트 존슨은 《당신의 그림자가 울고 있다》(고혜경 옮김, 에코의서재, 2007)에서 연금술의 네 단계를 이야기합니다. 어둠과 우울을 경험하는 니그레도nigredo, 사물의 밝음을 보는 알베도albedo, 열정을 발견하는 루베도rubedo, 마지막으로 삶의 황금빛을 감상하는 시트리노citrino의 네 단계가 우리 인격의 성장 과정과 매우 비슷하다는 것입니다. 저는 《데미안》을 읽으며 이 네 가지 단계를 매번 새롭게 절절히 체험합니다.

첫째, 삶의 어둠과 우울을 경험하는 니그레도. 이것은 평화롭게 살아오던 소년 싱클레어가 크로머라는 악당을 만나 뜻하지 않게 거짓말을 하고, 그의 노예가 되어버리는 초반부입니다.

둘째, 사물의 밝음을 보는 알베도. 이것은 싱클레어에게 데미안이라는 안내자가 나타나 삶의 아름다움과 신비, 고통받고 있는 너는 결코 혼자가 아니라는 사실을 감동적으로 일깨워 주는 과정입니다. 아무리 어려운 일이 있을지라도, 우리 삶에는 뜻밖의 밝음, 생각지도 못한 우연의 햇살이 우리를 비춰 주게 됨을 깨닫는 순간이지요.

셋째, 열정을 발견하는 루베도. 이것은 싱클레어가 마침내 홀로 성장할 수 있게 되기까지의 과정입니다. 싱클레어가 더 이상 데미안이라는 매개를 거치지 않고서도 베아트리체라는 첫사랑을 경험하게 되고, 새로운 자기탐구의 열정을 불태우고, 술에 절어 지내던 방탕한 생활을 청산하고 '아프락사스'라는 하나의 목표를 향해 매진하게 되는 과정입니다.

넷째, 삶의 황금빛을 감상하는 시트리노. 이 단계는 열정에 휩싸인 싱클레어가 마침내 자신의 이상형인 에바 부인을 만나 사랑에 빠지고, 아프락사스의 진정한 의미를 깨닫게 되고, 전쟁에 참전하는 고통스러운 통과의례를 겪으면서, 그토록 동경하던 데미안을 닮은 존재, 자신이 그토록 갈망하던 영혼의 스승이자 참된 자기true self의 씨앗을 발견하는 순간입니다. 카를 구스타프 융의 분석심리학과도 깊은 연관이 있는 이러한 연금술적 체험은 타인의 시선에 휘둘리는 우리 현대인의 복잡한 에고ego를 마침내 눈부신 자기self와의 만남을 향해 이끌어 주는 로드맵이 될 것입니다.

자신의 그림자를 소유한다는 것은 다른 어떤 방법으로도 도달할 수 없는 거룩한 곳, 즉 내면의 중심에 도달하는 것입니다.

_로버트 존슨,《내 그림자를 내 것으로 만들기*Owning Your Own Shadow : Understanding the Dark Side of the Psyche*》(HarperOne, 2009) 중에서

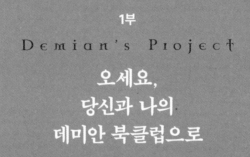

1부

Demian's Project

**오세요,
당신과 나의
데미안 북클럽으로**

탄생

# 내 안의 또 다른 나와
# 만나다

우리 안에는 또 하나의 자아가 살고 있는데, 그는 모든 것을
알고, 모든 것을 원하고, 우리 자신보다 모든 것을 더 잘 해
내는 존재야.

제가 평생 애지중지 아껴온 수많은 문학작품들은 싱클레
어의 친구 데미안처럼 제 무의식 깊숙한 곳에 스며들어 제 몸
의 일부인 것처럼 느껴집니다. 때로는 제 안의 데미안이 손을
내밀어서, 외롭고 쓸쓸해 보이는 타인의 어깨를 조용히 쓰다듬
어 주고 싶어지기도 합니다. "걱정 마요, 당신 안에는 눈에 보이
는 것보다 훨씬 뛰어나고 지혜로운 또 하나의 멘토가 살고 있

어요. 당신이 인정하기만 한다면, 당신의 가장 뛰어난 스승은 당신 안에 잠들어 있는 또 다른 자신일지도 몰라요." 이렇게 위로해 주고 싶을 때가 있습니다. 이런 따스한 말을 속삭이는 '또 하나의 나'는 결국 제 안에 살고 있는 데미안일 것입니다.

어쩌면 사랑에 빠지는 것처럼, 나와 문학작품 속 주인공 사이의 경계가 아름답게 흐릿해지는 그 순간이 우리가 문학 안에서 '셀프self(내면의 자기)'를 발견하는 순간이 아닐까 싶습니다. 문학작품을 진정으로 이해하게 되면, 제 안의 '에너지 지수'가 높아지는 느낌입니다. 무적의 필승 비결이라도 얻어낸 것처럼, 영혼만은 재벌인 것처럼, 그렇게 마음속에 든든한 영감의 창고가 그득해집니다. 데미안 같은 멋진 스승을 제 삶 속에서 항상 만날 수 있게 되는 것이지요. 데미안을 설령 다시 볼 수 없다 할지라도 거울을 보고 데미안을 간절히 부르면 거울에 비친 자신의 모습이 또 하나의 데미안임을 온몸으로 깨닫게 될 것입니다. 그것이 '에고에서 셀프로, 즉 사회적 자아에서 내면의 자기'로 변신하는 과정입니다. 자기 안의 충만한 셀프를 만나게 되기까지 저는 《데미안》을 읽고 또 읽었습니다. 데미안이라는 초월적인 존재, 때로는 부담스럽고 대단히 위대하며 좀처럼 범접하기 어려운 멘토 같은 존재를 마침내 자신의 일부로 끌어안게 되기까지의 과정이 결국 싱클레어가 에고의 가면을 벗고 진정한 셀프를 만나게 되기까지의 과정입니다. 그렇게 우리 마음속에서 절실하게 말을 거는 또 하나의 나를 따스하게 끌어안을 때 우리는 비로소 더 나은 존재로 힘차게 비상합니다. 그것이 카를 구스타프 융이 말하는 개성화입니다. 개성화는 '타인의 시선에 휘둘리는 에고'와 '진정한 나 자신을 지켜내는 셀프'가 하나되는 순간, 사회적 자아가 가면을 벗고 진정한 자신의 모습과 만나는 순간을 말합니다. 이 개성화의 과정이 데미안과 싱클레어의 우정이 깊어지는 그 모든 순간입니다.

에고를 화려하게 치장하고 홍보하느라 너무 황폐해져 버린 현대인은 또 하나의 셀프, 자기 안의 데미안과 만나야 합니다. 그래야만 그 어떤 순간에도 자기 안에서 치유 에너지를 발견할 수 있으니까요.

나는 오직 내 안에서 저절로 우러나오는 모습 그대로 살고 싶었을 뿐이다. 그것이 왜 그토록 어려웠을까?

《데미안》의 첫 문장입니다. 첫 문장을 읽을 때마다 아직도 가슴이 떨리고 두근거리고 이상한 설렘과 알 수 없는 불안과 환희와 희열 같은 게 느껴집니다. 아마 《데미안》이 저에게는 진정한 블리스bliss가 아닐까, 즉 내면의 깊은 희열을 주는 작품이 아닐까 싶습니다. 어떤 절실한 고민을 안고 작품을 볼 때 훨씬 더 그 작품이 눈에 깊게 들어옵니다. 도대체 내가 어떻게 살아야 할지 모를 때. 내 안에는 왜 이렇게 많은 상처가 나를 못살게 구는 것일까. 내 안에는 왜 이렇게 많은 트라우마와 스트레스와 온갖 콤플렉스 같은 것들이 살고 있어서 진정한 나 자신이 되는 것이 이리도 어려울까. 이런 고민을 했을 때 다시 《데미안》을 읽으니 그때 비로소 《데미안》이 더 깊고 풍부한 의미로 다시 다가오기 시작했습니다. 그래서 "나는 오직 내 안에서 저절로 우러나오는 모습 그대로 살고 싶었을 뿐이다. 그것이 왜 그토록 어려웠을까?"라는 그 질문은 그렇게 뜻대로 되지 않는 것이 우리네 삶이라는 이야기도 됩니다. 내 속에서 저절로 솟아 나오려는 것은 에고가 아니라 셀프지요. 진정한 내면의 자기와 만나는 건 원래부터 어려운 일이기 때문에 바로 그것을 살아보려고 하는 의지야말로 우리가 진정한 개성화로 성큼 다가가는 한걸음이 될 것입니다.

일찍이 그 어떤 사람도 온전히 자기 자신이 되어 본 적은 없었다. 그럼에도 누구나 자기 자신이 되려고 노력한다. (…) 더러는 결코 사람이 되지 못한 채 개구리에 그치고 말며, 어떤 이들은 도마뱀이나 개미에 그치기도 한다. 상체는 사람이고 하체는 물고기인 채로 남는 이도 있다. 그러나 우리 모두 인간이 되라고 기원하며 자연이 내던진 존재인 것이다. 우리 모두는 어머니라는 존재로부터 나왔다. 우리 모두는 같은 심연에서 나왔다. 우리는 모두 같은 심연으로부터 비롯된 존재이지만, 저마다 자기 나름의 목표를 향하여 나아간다. 우리가 서로를 이해할 수는 있다. 그러나 그 의미를 해석할 수 있는 건 자기 자신뿐이다.

어떤 사람은 진정한 자기 자신이 되기 위해서 끝까지 노력해서 정말 훌륭한 인간이 되는 경우도 있습니다. 이를 융의 용어로 표현하면 셀프, 진정한 자기의 모습입니다. 그런데 어떤 사람은 개미나 개구리나 도마뱀에 그치고 만다는 것은 셀프에 도달하지 못하고 에고의 어떤 일부를 간직한 채, 에고의 껍데기를 깨지 못한 채로 자신의 상처에 갇혀버린다는 말이 됩니다.

에고에서 셀프로 가는 길은 정말 험난하지만, 그 길이 꼭 슬프고 힘들지만은 않습니다. 그 길의 문턱을 조금씩 넘을 때마다 우리는 진정한 친구와 만날 수 있습니다. 내 안의 문턱을 넘는 순간은 '마음속 아픈 그림자와 만나는 순간'입니다. 심리학에서는 이것을 '대면confrontation'이라고 하는데, 내 아픈 상처와 만날 때 그것이 아픔에서 끝나는 것이 아니라 상처와 깊이 만날수록 인생의 보다 깊은 차원을 체험할 수 있는 길이 열리는 것입니다.

상처를 또렷이 대면하지 않으면 셀프와 만날 수 없다는 이야기이기도 합니다. 대면은 결코 쉽지 않습니다. 자신의 그림자를 모두 이해하고 트라우마와 온갖 아픔과 슬픈 기억까지 속속들이 이해하면서 그것을 받아들일 때 우리는 진정한 셀프가 될 수도 있습니다. 만약 싱클레어가 크로머를 만나지 못했다면, 데미안과 친구가 되지 않았다면, 셀프와 만나는 길은 그만큼 느려지거나 더 어려워졌겠지요.

물론 '내 안의 깊은 상처와의 대면'을 시도하면 화가 나고 슬퍼지기도 합니다. 예컨대 크로머가 싱클레어를 괴롭히는 장면을 보면 무척 화가 납니다. 어쩌면 제 어린 시절의 아픈 기억을 다시 꺼내보는 것처럼 슬프고 마음이 찢어집니다. 어린 시절 저에게도 크로머 같은 무서운 사람이 있었거든요. 하지만 트라우마를 그냥 덮어두기만 하면 치유되지 않습니다. 아픈 기억을 일단은 덮고 싶은 마음, 잊고 싶은 마음은 방어기제입니다. 방어기제를 뚫고 그 상처를 직접 대면하고자 할 때 가장 필요한 것이 바로 '용기'지요. 그런 용기를 내기 시작할 때 우리는 자기 안의 데미안과 만날 수 있는 아름다운 개성화의 길 위에 서게 됩니다.

# 당신의 내면아이가
# 울고 있어요

《데미안》을 펼치면 우선 '두 세계'를 비교하는 헤르만 헤세의 화려한 묘사와 만나게 됩니다. 저는 이 묘사가 《데미안》을 매력적으로 만들어 주는 첫 번째 장면이라고 생각합니다. 함께 읽어볼까요.

한 세계는 아버지의 집이었다. 그 세계는 워낙 협소해서 사실 그 안에는 내 부모님밖에 없었다. 그 세계는 나에게 매우 친숙한 것이었다. 그 세계는 어머니와 아버지라는 이름으로 불렸고, 사랑과 엄격함, 모범과 학교라는 이름으로 불리기도 했다. 이 세계에는 온화한 빛, 해맑음과 깨끗함이 자리 잡고 있었다. 그곳에는 부드럽고 다정한 이야기들, 깨끗이 닦은 손, 청결한 옷, 좋은 습관이 깃들어 있었다. 그곳에서는 아침에 찬송가가 불리고, 크리스마스에는 파티가 열리기도 했다. (…) 의무와 책임, 양심의 가책과 고해, 용서와 선한 원칙들, 사랑과 존경, 성경의 말씀과 지혜가 있는 곳이었다. 인생이 맑고 깨끗하고 아름답게 정돈되어 있으려면 이 세계에 머물러 있어야만 했다.

이것이 싱클레어의 첫 번째 세계입니다. 그렇다면 두 번째 세계는 어떤 모습일까요.

두 번째 세계 속에는 하녀와 직공들이 있었고, 유령 이야기들과 추악한 소문들도 있었다. 무시무시한 것, 유혹하는 것, 두려운 것, 수수께끼 같은 것들이 가득했다. 도살장과 감옥, 주정뱅이와 악쓰는 여자들, 새끼 낳는 암소들과 쓰러진 말들이 있었고, 강도의 침입과 살인, 자살 같은 심각한 사건이 있었다. 아름다우면서도 두려운 일들, 거칠고도 잔인한 그 모든 일이 도처에서 벌어졌다. 그런 일들이 벌어지는 바로 옆 골목이나 옆집에서 경찰 끄나풀들과 부랑자들이 돌아다니고 있었다. 주정뱅이들은 아내를 패고, 저녁때면 젊은 여자들 무리가 뒤엉켜 공장에서 꾸역꾸역 몰려나왔다. 늙은 여자들은 누군가에게 요술을 걸거나 병이 나도록 할 수도 있었고, 숲속에는 도적 떼가 살고 있었으며, 방화범들은 뒤쫓는 경관에게 붙잡혔다. 어머니 아버지가 계시던 우리집만 빼고는 어디서나 격렬한 이 두 번째 세계가 침입해 들어와 냄새를 뿜었다. 나는 이런 세계가 참으로 좋았다. 여기 우리집에 평화와 질서와 안식이 존재한다는 것, 의무와 거리낌 없는 양심, 용서와 사랑이 존재한다는 것이 참으로 경이로웠다.

이 어둠의 세계는 사실 어른들이 어린이들에게는 숨기고 싶어 하는 세계입니다. 하지만 결국 어린이들도 다 알게 되지요. 싱클레어처럼 영민한 아이에게는 좀 더 빨리 그 어둠의 세계가 보입니다. 싱클레어는 이 두 개의 세계가 흑백으로 딱 부러지게 나뉘는 것이 아니라 어디서나 미묘하게 겹치고 있음을 알아챕니다. 어둠의 세계에 크로머 같은 악당이 살고 있다면, 밝음의 세계에는 싱클레어의 부모님 같은 선량한 사람들이 살고 있고, 그 어둠과 밝음의 중간 지대에 싱클레어와 데미안이 존재합니다. 싱클레어와 데미안은 두 세계를 다 체험해 보는, 좀 더 복잡하고 역동적인 존재들이지요. 예전에는 오직 싱클레어의 입장에서만 《데미안》을 읽었습니다. 지금은 데미안의 입장에서도 읽어보고 크로머의 입장에서도 읽어보고 부모님의 입장에서도 읽어보게 됩니다. 책을 읽는다는 것은 여러 겹의 자아로 살아보는 일이니까요. 우리는 문학작품을 통해서 여러 겹의 자아, 일 인분의 삶만으로는 만족할 수 없는 완전히 다른 타인, 또 다른 나가 돼볼 수 있는 것이니까요. 그것이야말로 《데미안》 같은 아름다운 작품을 읽는 기쁨이 아닐까 싶습니다.

싱클레어는 크로머에게 괴롭힘을 당하기 시작하면서 부모님의 품이 더 이상 따스한 안식처럼 느껴지지 않는다는 것을 깨닫게 됩니다. 힘든 일이 있을 때 부모님께 이야기하고 싶은데, 부모님은 나의 이야기를 받아주고 다 이해해 줄 것 같은 믿음을 주지 못하는 것입니다. 이렇게 참으로 뼈아픈 트라우마는 가족 안에서 발생할 때가 많습니다. 게다가 가족으로부터 자신을 분리하는 것은 더욱 어려운 일입니다. 가족에 대해서는 애증이 교차할 수밖에 없으니까요. 사랑도 있고 미움도 있고 후회도 있고, 그러면서도 '결국에는 내가 보듬어야 할 사람들'이라는 감정도 섞여 있습니다. 가족에 대한 증오나 분노의 감정이 있으면 이를 표현하기가 더 어려워집니다. 가족에 대해서 우리는 일종의 '금기'를 갖고 있습니다. 온 세상이 나를 가로막아도 가족만은 내 편을 들어줬으면 좋겠고, 가족 내에서의 문제를 밖으로 가져가면 왠지 내가 비겁해지는 것 같고, 부모님과 형제자매에게 누가 되는 것 같은 죄책감 때문에 가족 안의 트라우마를 용감하게 대면하기 어려워집니다.

하지만 우리가 잊어서는 안 될 것이 있습니다. 행복한 가정에도 트라우마가 존재한다는 것이지요. 저도 행복한 가정에서 자라났지만 트라우마가 있었습니다. 저도 한때 이렇게 생각했습니다. '부모님이 나를 사랑해 주니까 절대 불평하면 안 돼.' '부모님은 우리를 위해 평생 고생하셨으니까, 그 어떤 불만도 말하면 안 돼.' 가족에 대해서는 결코 부정적인 말을 하면 안 된다는 금기가 있었던 것 같습니다. 그런데 심리학을 공부하면서 깨달았습니다. 우리 가족 모두 행복한 가정이라는 겉모습 안에 저마다의 불행을 숨기고 있었구나! '행복해 보이는 사람들도 대부분 말 못할 트라우마를 지니고 있다'는 것을 알게 되었습니다. 트라우마가 '나에게만 일어난 불운한 사건'이 아님을 깨닫게 되는 것입니다. '저렇게 행복해 보이는 사람도 사실은 뭔가 힘든 일을 겪었을 것'이라고 생각하면 세상을 바라보는 눈이 훨씬 관대해집니다.

《데미안》이 저에게 도움을 준 것도 바로 이런 측면입니다. 싱클레어는 겉으로 보면 행복한 가정에서 자란 모범생이지요.

행복한 가정에서 평화롭게 자란 싱클레어에게 크로머라는 존재는 영원히 남에게는 숨기고 싶은 트라우마였습니다. 크로머가 싱클레어에게 끊임없이 돈을 요구하고, 크로머가 휘파람을 불면 싱클레어는 나가야 했으니까요. 그런데 데미안이 나타나 싱클레어의 깊은 그림자를 건드립니다. 강력한 멘토가 나타난 것입니다. 싱클레어는 데미안이라는 멘토를 통해 자신의 그림자와 대면하게 됩니다. 아무리 내 상처를 숨기려 해도 결국 들키고야 마는 존재, 내가 슬프지 않은 척 완벽하게 연기해도 결국 내 표정 속에 숨은 깊은 슬픔을 알아보는 존재. 그런 사람이야말로 우리가 그림자를 대면할 수 있는 용기를 주는 존재입니다. 데미안은 기꺼이 싱클레어의 그림자를 대면하게 도와주는 멘토가 됩니다.

그런데 많은 사람은 대면 자체가 두려워서 일단 도망칩니다. 싱클레어도 도망갔지요. 요즘 말로 하면 '일진'처럼 크로머는 싱클레어를 괴롭힙니다. 크로머는 싱클레어에게 돈을 뜯어내려고 하고, 심지어 누나를 소개해 달라고도 하지요. 특히 싱클레어를 부를 때 휘파람을 붑니다. 그 휘파람 소리가 정말 무섭게 느껴졌습니다. 크로머의 휘파람은 싱클레어를 영원한 노예로 길들이려는 권력의 명령 같은 느낌이 들었습니다.

데미안은 크로머가 어떤 아이인지 자세히 알지는 못합니

다. 데미안은 싱클레어의 표정을 보고 싱클레어가 크로머를 두려워한다는 감정을 읽어내고, 크로머가 싱클레어를 얼마나 괴롭히는지 알게 됩니다. 이렇게 내 마음을 꿰뚫어 보는 존재를 만나게 되면 우리는 어쩔 수 없이 우리의 상처를 말하게 됩니다. 데미안 같은 멘토가 우리의 성장 과정에서 반드시 필요합니다. 그런데 우리 곁에 데미안 같은 존재가 없을 때, 그 데미안을 대신할 수 있는 것이 저는 책이라고 믿습니다.

책은 제 삶의 다정한 멘토였습니다. 저 역시 싱클레어 못지않게 외로운 아이였는데, 이 외로움을 누구에게나 표현할 수 없었습니다. 제가 어렸을 때는 '왕따'라는 말은 없었지만, 나중에 생각해 보니 제가 따돌림을 당했다는 것을 알게 되었습니다. 어딜 가도 잘 어울리지 못하는 아이였습니다. 그래서 자꾸 이런 생각을 했지요. 나는 왜 평범하지 못하지, 나는 왜 이렇게 다른 사람들과 잘 어울리지 못하지, 여자친구들과 잘 놀려면 고무줄이나 공깃돌을 잘해야 하는데 나는 왜 고무줄도 공깃돌도 못하지, 나는 그냥 책 읽기를 좋아하는 내향적인 아이일 뿐인데. 주변 사람들이 저의 그런 내성적인 성향 자체를 공격하는 듯한 느낌 때문에 오랫동안 힘들었지요.

그런데 나중에 생각해 보니 예민하고 내성적인 제 성격이 저를 작가로 만들어 준 최고의 원동력이었어요. 때로는 친구보다 책을 더 좋아하는 저의 내향적인 성격 때문에 작가가 될 수 있었지요. 트라우마나 그림자는 결코 적이 아니라 나를 진정한 나로 만들어 주는 기폭제인지도 모릅니다. 나의 그림자나 콤플렉스라고 생각했던 부분이 나에게는 진정한 '빛'인 것입니다. 지나친 내향성, 과도한 예민함, 그것이 저에게는 그림자이자 콤플렉스이자 트라우마이기도 했지만, 지금은 조금씩 더 나은 작가가 되려고 노력하는 제 삶의 자양분이 아닌가 생각합니다. 그렇게 하기 위해서는 매일 자신의 그림자를 대면하는 삶을 살아야 하지 않을까요. 그러므로 그림자는 결코 우리의 적이 아니라고 말할 수 있습니다.

우리의 내면아이는 분명 상처 입은 채로 우리 마음의 감옥 어딘가에서 울고 있습니다. 하지만 그 내면아이를 치유해 줄 수 있는 회복탄력성이나 내적 자산 또한 우리 자신 안에 존재합니다. 융 심리학의 핵심적인 메시지는 내 안에 나를 치유할 수 있는 힘이 이미 내재해 있다는 것입니다. 이는 《데미안》의 핵심적인 주제와 맞닿아 있지요. 데미안은 자기 안에 스스로를 치유할 수 있는 힘을 가지고 있다는 것을 싱클레어에게 일깨워 주는 존재니까요.

그림자

# 트라우마가
# 깨어나는 순간


분명 그 사람이 무섭고 두려운데도 피할 수 없을 때가 있습니다. 싱클레어가 크로머를 만나던 날이 그런 날이었지요. 첫 만남 때부터 크로머는 싱클레어를 괴롭히기 시작하고, 점점 더 싱클레어의 의식을 지배하려 합니다. 그 과정을 잘 보여주는 장면이 있습니다. 싱클레어가 열 살이 갓 지날 무렵, 크로머를 처음 만나던 날이지요. 싱클레어는 라틴어학교에 다니고 있었고, 크로머는 공립학교에 다니고 있었어요. 깔끔하고 멋진 옷을 입고 라틴어학교에 다니는 싱클레어는 처음부터 크로머에게는 눈엣가시 같은 존재였지요.

열세 살쯤 된 억센 사내아이, 공립학교 학생이었고, 재단사의 아들이었다. 그의 아버지는 주정뱅이였으며, 그의 온 가족이 동네에서 악명 높았다. 크로머에 대해서는 나도 익히 들어 잘 알고 있었기에, 나는 그가 무척 두려웠다. 크로머가 나와 두 친구 사이에 불쑥 끼어들자 나는 기분이 썩 좋지 않았다.

크로머는 벌써 어른티가 났고 젊은 공장 직공들의 걸음걸이와 말투를 흉내 내고 있었다. 그가 시키는 대로 우리는 다리 옆쪽에서 강가로 내려갔고, 다리 밑에 있는 첫 번째 아치 쪽으로 몸을 숨겼다. 아치형의 교각과 천천히 흐르는 강물 사이 좁은 강변은 온통 쓰레기 천지였다. 사금파리들, 낡은 공구 더미, 녹슨 철삿줄이며 온갖 잡동사니가 어지럽게 널려 있었다. 거기서 이따금 쓸 만한 것들이 발견되기도 했다. 프란츠 크로머의 지휘에 따라 그 구역을 샅샅이 뒤져 우리가 찾아낸 것을 그에게 보여주어야 했다. 그러면 그 애는 그것을 자기 호주머니에 집어넣든지 물에 던져버렸다. 크로머는 우리가 주워온 물건들 가운데 납이나 놋쇠, 주석으로 된 것이 있는지 잘 살피게 시키고는 그런 건 모두 자기 호주머니에 집어넣었다. 뿔로 만들어진 낡은 빗도 호주머니에 넣었다. 크로머와 같이 있는 것만으로도 나는 몹시 조마조마했다. 아버지가 알게 되면 당장 이런 만남을 금지할 것이 뻔할 뿐만 아니라, 무엇보다도 크로머에 대한 두려움 때문이었다. 프란츠 크로머가 나를 받아들여 다른 애들과 똑같이 취급하는 것은 기뻤다. 크로머는 명령했고 우린 복종했다. 그날 처음으로 크로머와 어울린 것이지만, 그 모든 것이 마치 오랜 습관처럼 느껴졌다.

프란츠 크로머는 이 동네에서 가장 힘세고 무서운 아이랍니다. 모두가 이 소년을 두려워하지요. 크로머는 이미 권력의 맛을 알고 있습니다. 좀 더 덩치가 크고 힘이 센 아이, 거칠게 살아온 이 아이 크로머가 아이들에게 명령을 내리고 아이들을 복종하게 만들지요. 공포 분위기가 형성되는 것입니다. 크로머는 우정과 연대를 모르고 권력과 서열만이 존재하는 관계에 길들어 버린 것입니다.

싱클레어가 크로머의 계략에 말려드는 것은 '영웅담 늘어놓기'의 분위기 때문이었습니다. 싱클레어는 저마다 자신만의 영웅적인 행동을 자랑삼아 떠벌리는 분위기 속에서 다른 아이들처럼 그럴싸한 영웅담을 늘어놓아야 하는데 좀처럼 생각이 나지 않습니다. 그 순간 거짓말을 지어냅니다. 위급할 때 싱클레어의 그림자가 튀어나오는 것이죠. 싱클레어는 지금까지는 얌전하게 자라왔지만 자신과는 전혀 다른 프란츠 크로머의 무리와 어울리고 싶은 욕망에 휩싸입니다. 이것이 사회적 자아입니다. 에고는 이렇게 사회적 자아를 지향합니다. 싱클레어는 다른 아이들과 어울려야 한다는 생각, 프란츠 크로머에게 밉보이면 안 된다는 생각 때문에 거짓말까지 지어내게 됩니다. 그림자가 탄생하는 순간이지요. 사회화는 제도와 규칙을 습득하기 위해 꼭 필요한 과정이기도 하지만, 이렇게 사회화에 치중하다 보면 '무리에 어울려야 한다'는 압박 때문에 진정한 내 모습을 잃을 위험에 처할 수도 있습니다.

마침내 우리는 땅바닥에 자리를 잡아 앉았고, 프란츠는 강물에다 침을 뱉었다. 그 애는 제법 어른처럼 보였다. 잇새로 침을 탁 뱉는데 어디든 원하는 곳을 정확히 맞췄다. 아이들은 저마다 자기 이야기를 시작했다. 아이들은 학교에서 있었던 온갖 사소한 무용담들, 나쁜 짓거리들을 자랑삼아 떠벌렸다. 나는 아무 말도 하지 않았다. 하지만 나의 침묵이 시선을 끌어 크로머의 노여움을 사게 되지 않을까 두려웠다. 다른 두 아이는 처음부터 나와는 거리를 두고 앉아 있었고, 그들은 완전히 프란츠 크로머의 편이었다. 나는 그들 사이에서 이방인이었다. 내 옷차림이나 태도가 그들에게 거슬리는 것임을 깨달았다. 라틴어학교 학생이며 유복한 집안에서 태어난 나를 크로머가 좋아할 리 없었다. 그리고 나른 두 아이는 어차피 나에게 문제가 생겨도 모르는 척 내버려 둘 것임을 나는 잘 알고 있었다.

크로머가 싱클레어를 괴롭히는 이유 중 하나는 크로머의 콤플렉스 때문입니다. 크로머는 마음 깊은 곳에서 싱클레어를 부러워하는 것입니다. 싱클레어는 유복한 환경에서 자라고 있으니까요. 게다가 부모님의 사랑과 보살핌을 받으며 따스한 분위기 속에서 살고 있으니 말이지요. 반면 크로머의 아버지는 심각한 알코올 중독자입니다. 게다가 폭력적인 사람입니다. 크로머는 싱클레어처럼 따스하고 풍요로운 환경을 경험해 본 적이 없습니다. 크로머에겐 모델로 삼을 만한 좋은 사람이 곁에 없었던 것이지요. 크로머는 사람들을 겁주고 폭력적으로 행동하는 아버지를 모방하고 있는 것입니다.

싱클레어는 크로머가 두려운 나머지 마침내 거짓 이야기를 꾸며 늘어놓기 시작하지요. 있지도 않은 이야기, 가상의 영웅담을 늘어놓습니다.

나는 나를 주인공으로 하여 황당무계한 도둑 이야기를 꾸머냈다. 한밤중에 모퉁이 물방앗간 집 과수원에서 친구 한 명과 짜고서 커다란 자루 하나 가득 사과를 훔치는 이야기였다. 그것도 보통 사과가 아니라 전부 레네테와 골트파르메, 즉 최고의 품종이었다고 말이다. 순간의 위험을 피하여 나는 꾸며낸 이야기로 도피한 것이었다. 나는 이야기를 꾸며 들려주는 것에는 소질이 있었다. 금방 말이 막혀 더 고약한 상황에 말려드는 사태만은 벌어지지 않도록, 나는 온갖 기교를 동원하여 이야기를 꾸며냈다. 둘 중 하나가 나무에 올라가서 사과를 밑으로 던지는 동안 다른 하나는 계속 망을 보아야 했다고 말이다. 그런데 사과를 넣은 자루가 어찌나 무거웠는지 마침내 우리는 다시 자루를 풀어서 절반을 놔두고 가야 했는데, 삼십 분쯤 뒤에 다시 가서 그것도 마저 가져왔다고 이야기를 꾸며냈다. 마침내 이야기를 다 마쳤을 때 나는 약간의 박수 정도는 기대했다. 이야기 막바지에는 얼굴에 열까지 올랐다. 이야기를 꾸며내며 스스로 도취했다.

싱클레어는 자기가 이 순간만은 뛰어난 이야기꾼이라고 생각합니다. 어떤 영웅적인 이야기를 들려주면 아이들이 자기를 좋아해 줄 거라고 믿는 것이지요. 크로머를 두려워하지만 크로머의 무리에 끼고 싶은 마음, 어린아이들의 감정입니다. 싱클레어의 '셀프'는 '나는 크로머가 두렵다'는 것을 알고 있어요. 하지만 싱클레어의 '에고'는 '나는 크로머에게 잘 보이고 싶다'고 생각해요. 그리고 그 순간 크로머 일당에게 따돌림을 당할까 봐 너무 두려웠던 것입니다. 에고의 열망 때문에 셀프를 숨기고 거짓말까지 만들어 낸 것입니다. 크로머는 싱클레어의 이야기 솜씨를 칭찬해 주기는커녕, 오히려 그의 약점을 잡아버립니다. 크로머는 싱클레어에게 그 이야기가 진짜냐고 묻지요. 도둑질이 진짜로 있었던 일이라 이거지, 하면서 드디어 교양 있는 부잣집 도련님인 싱클레어의 약점을 낚아챈 것입니다. 타인에게 약점을 잡히는 순간 지배당할 위험에 처합니다. 그런데 싱클레어가 부모님에게 빨리 고백했더라면 이 일은 해결됐겠지요. 그 대신 이렇게 위대한 문학작품 《데미안》은 세상에 나오지 않았을 것입니다.

싱클레어는 아직 어리지만 자존심이 무척 강한 아이입니다. 무슨 일이 생겼다고 해서 부모님에게 쪼르르 달려가 일러바치고 싶지는 않았던 것입니다. 하지만 싱클레어는 크로머의 협박이 정말 무서웠지요. 싱클레어가 사과를 훔쳤다고 계속 거짓말을 하면 어떻게 될까요. 싱클레어의 거짓말이 언젠가 아버지나 동네 어른들의 귀에 들어가면 어떻게 될까요. 아버지는 크게 실망하고, 싱클레어는 야단을 맞겠지요. 그런데 거짓말을 계속하다 보면 점점 더 커다란 거짓말을 낳게 됩니다. 결국 싱클레어는 크로머의 악령에, 크로머의 심연에 빠져버리는 것이죠. 싱클레어는 크로머의 덫에 걸린 것입니다. 심지어 하느님을 걸고, 목숨을 걸고 맹세한다고, 정말로 나는 사과를 훔쳤다고 주장하게 되지요.

이처럼 타인에게 잘 보이고 싶은 '사회적 자아'가 솔직하고 진솔한 '내면의 자기'를 짓눌러 버리게 됩니다. 싱클레어가 처음부터 솔직하게 '난 도둑질 한 적 없어'라고 말했다면 일이 이렇게까지 커지진 않았겠지요. 크로머 일당에게 놀림 좀 받고 끝났을 일입니다. 하지만 싱클레어는 자신을 '커다랗게' 만들어 돋보이고 싶어 합니다. 이런 모습을 허세나 객기라고 부릅니다. 에고가 팽창하기 시작하는 것이지요. 이런 모습을 심리학 용어로는 '거대자기grandiose self'라고 부릅니다. 겉으로 보이는 자기의 모습을 아주 커다랗게 부풀려서, 타인에게 내 존재를 인정받고 싶어 하는 마음이지요.

우리도 어릴 때 '아주 작은 것을 부풀려서 자랑하고 싶은 마음'을 느껴본 적이 있습니다. 크로머는 사악한 마음으로 싱클레어의 이 작은 거짓말을 '협박의 빌미'로 사용합니다. 결국 싱클레어는 크로머가 시키는 일을 억지로 해야 합니다. 싱클레어는 부잣집 도련님처럼 보이지만 사실 부모님에게 조금씩 용돈을 받아서 쓰는 평범한 아이입니다. 그런데 싱클레어는 크로머에게 협박을 당하자 저금통을 털고 맙니다. 예전의 싱클레어라면 절대로 하지 않았을 나쁜 짓을 하기 시작합니다. 거짓말을 유지하려면 또 다른 거짓말을 만들어 내야 합니다. 싱클레어는 서서히 크로머의 노예로 전락하게 되는 것이지요.

여기서 데미안과의 싱클레어의 만남이 중요합니다. 데미안이라는 존재가 싱클레어의 삶에 들어오는 과정은 싱클레어가 크로머를 만난 이후입니다. 데미안은 크로머에게 잔뜩 주눅 들어 있는 싱클레어의 모습을 봅니다. 데미안은 싱클레어와 크로머 무리 사이의 모든 일을 마치 알고 있는 것처럼 싱클레어에게 다가와서, 너 혹시 무슨 일 있는 것이 아니냐, 방금 지나간 저 아이가 너를 괴롭힌 것이 아니냐고 물어봅니다. 그런데 싱클레어는 또다시 거짓말을 합니다. 싱클레어는 자신의 거짓말을 계속 유지해야 크로머의 눈 밖에 나지 않는다고 생각하기 때문입니다. 싱클레어는 진실을 입 밖에 내는 순간 자신의 일상이 무너질 것이라고 생각합니다. 사실을 솔직하게 말하는 것이 가장 빠른 구원의 길이지만 싱클레어에게는 아직 그런 지혜가 없었습니다. 어쩌면 싱클레어의 강한 자존심, 에고의 강력한 방어막 때문에 크로머의 괴롭힘은 더 심해지고 데미안과의 우정도 그만큼 지체가 되지요.

심리학에서는 이를 '저항'이라고 말합니다. 저항은 나아질 수 있다는 희망이 있을 때도 자꾸 그 치유를 미루는 마음입니다. 저 사람의 말을 따르면 분명 나아질 수 있는데도, 자존심을 내세우거나 의심을 버리지 못하면서 치유의 길을 회피합니다. 심리상담 약속이 있는데 일부러 늦는 사람이 있습니다. 상담을 시작하면 자기 그림자를 진짜로 대면해야 하므로 그 고통을 자신도 모르게 피하거나 미루는 것이지요. 상담하면 상처를 얘기해야 하고, 기억을 고백해야 하고, 그렇게 해서 만나는 자신의 그림자가 두려운 것입니다. 지금 싱클레어도 그런 '저항'의 상태입니다. 그림자와의 대면, 나의 가장 나약한 모습을 스스로 깨닫게 되는 것이 두려워서 데미안의 도움을 피합니다. 데미안은 진심으로 싱클레어의 아픔을 이해해 줄 준비가 되어 있습니다. 하지만 싱클레어는 데미안이라는 좋은 친구를 만나고도 그 사람에게 자신의 상처를 드러내지 않습니다.

데미안은 타인의 진심을 읽어내는 재능이 있습니다. 데미안은 사람들이 아무리 '에고'와 '페르소나'로 중무장을 해도, 반드시 그 안에서 '셀프'를 읽어내는 사람입니다. 말을 통해서만 그 사람의 마음을 알 수 있는 건 아니지요. 눈빛이나 몸짓, 심지어 후각, 촉각 등 수많은 자극을 통해서도 그 사람이 무언가를 표현하고 있다는 것을 알 수 있습니다. 프로이트도 이런 말을 합니다. 우리가 말로 표현하지 못하는 것은 심지어 눈이나 코나 입이나 땀구멍을 통해서라도 나올 수 있다고. 우리가 표현하지 못한 열망은 반드시 여러 가지 출구를 통해서 표출될 수 있다는 것입니다. 그것이 무의식의 열망일 수도 있습니다. 싱클레어가 자신의 그림자와 대면할 수 있게 매개하는 존재인 데미안과의 만남이야말로 《데미안》 초반부의 가장 중요한 장면입니다. 셀프는 나 자신에게만은 결코 숨기거나 꾸밀 수 없는 솔직한 내 모습입니다. 싱클레어는 자신의 셀프를 완벽하게 숨겼다고 생각했는데 데미안에게 들켜버린 것이지요.

데미안은 나이를 가늠할 수 없는 신비로운 매력을 지닌 존재입니다. 데미안은 어린아이임에도 불구하고 비범하고 어른스러운 느낌을 풍깁니다. 교사들도 데미안에게 훈계를 하려다가도 데미안의 꼿꼿하고 위엄 있는 모습을 보면 가만히 내버려둡니다. 사람의 마음을 꿰뚫어 보는 데미안의 눈빛 때문에 사람들은 데미안에게 압도됩니다. 데미안이 카인과 아벨에 대해 독창적인 해석을 하는 장면, 싱클레어 집 대문 앞에 놓여 있는 새 모양의 문장emblem에 대해서 이야기해 주는 장면을 보면, 이 아이가 초등학생 나이라는 것을 믿을 수가 없습니다. 조숙하다 못해 완숙한 느낌을 주는 아이입니다. 그런데 데미안의 존재 뒤에는 데미안의 어머니 에바 부인이 있었지요. 에바 부인과 데미안의 독특한 점 중 하나는 교회에 나가지 않는 것이지요. 동네 주민 모두가 교회에 나가지만 이 둘은 교회에 나가지 않습니다. 그래서 마을 사람들의 눈에 띄죠. 그럼에도 데미안과 에바 부인은 전혀 기죽지 않습니다. 두 사람은 언제나 당당하고 초연하게 행동합니다.

데미안과 에바 부인은 타인의 시선에 아랑곳하지 않는 사람들이었던 것입니다. 아무도 데미안과 에바 부인을 건드리지 못합니다. 그들은 타인의 시선을 전혀 의식하지 않는 당당함과 기품이 있는 사람들이기 때문입니다. 그 대신 마을 사람들은 데미안과 에바 부인 뒤에서 수군거리며 '저 모자는 어딘지 이상하다'는 식으로 반응하지요. 하지만 에바 부인과 데미안은 꿋꿋하게 그들만의 삶의 방식을 지켜나갑니다. 싱클레어는 그런 데미안의 모습에 매혹되기도 하고 당혹스러워하기도 합니다. 싱클레어의 부모는 마을에서도 손꼽을 만큼 독실한 기독교 신자들이니까요. 카인과 아벨의 이야기에서 카인의 초인적인 매력과 당당함을 옹호하는 데미안의 독특한 해석은 싱클레어를 기함하게 하지요. 싱클레어는 데미안을 '유혹자'라고도 생각합니다. '남다르게 생각할 수 있는 자유', '타인의 시선에 짓눌리지 않는 나만의 독특한 사유'를 가지고 있는 데미안은 싱클레어에게 한없이 두려우면서도 동시에 매혹적인 존재입니다.

# 햇빛아이와
# 그림자아이

여러분의 내면아이는 어떤 모습을 하고 있나요. 당신의 가장 여리고 해맑고 천진난만한 측면도 내면아이이고, 가장 깊은 상처로 괴로워하며 슬퍼하고 있는 측면도 내면아이입니다. 심리학에서는 내면아이의 양면성을 햇빛아이와 그림자아이로 나누기도 해요. 싱클레어가 크로머를 만나기 이전의 모습이 햇빛아이 상태지요. 커다란 콤플렉스나 트라우마가 아직 없는 상태, 자신이 이 세계에서 완전하게 환영받고 있다는 믿음이 깨지지 않은 상태가 햇빛아이입니다. 우리가 평생 간직해야 할 원초적인 순수성이기도 하지요. 한밤중에 갑자기 홀로 깨어나서 어디선가 울고 있는 아이의 소리를 들어본 적이 있나요? 그런데 알고 보면 그 아이의 소리는 '내 안의 내면아이가 울고 있는 소리'입니다. 그것이 '그림자아이'입니다. 나도 모르게 꽁꽁 숨겨둔 수많은 상처가 아직 치유되지 못한 채 내 안에서 간절하게 치유와 구원을 기다리고 있지요. 우리 안에 아직 충분히 보살핌을 받지 못한 모든 측면이 그림자아이를 이루고 있습니다.

트라우마 이전의 햇빛아이와 트라우마 이후의 햇빛아이는 다릅니다. 트라우마 이전의 햇빛아이는 해맑고 순수해서 아무런 거리낌이 없습니다. 트라우마를 겪고나면 햇빛아이가 페르소나 뒤편으로 깊숙이 숨기 시작합니다. 그런데 그림자아이를 정성껏 돌보고 보살피면 비로소 햇빛아이가 나오기 시작합니다. 이것은 저의 경험입니다. 트라우마를 경험한 뒤로는 햇빛아이한테 아무리 밖으로 나오라고 강요해도, 그림자아이를 제대로 보살피지 않으면 햇빛아이는 좀처럼 얼굴을 보여주지 않지요. 햇빛아이는 내면의 천재성이기 때문입니다. 반드시 그림자아이의 상처와 슬픔을 어루만지고 보살펴 주어야 나옵니다. 누군가 내 상처를 이해하고 공감해 준다고 믿기 시작하면, 내 안에 웅크리고 있던 수많은 재능과 열정과 잠재력이 뿜어져 나오게 됩니다. 그런 모습이 진정한 햇빛아이입니다. 싱클레어가 데미안을 만나 마침내 자신의 상처를 완전히 이해해 주는 사람이 있다는 것을 알게 되자 다시 햇빛아이의 모습이 나타나게 되는 것처럼요. 그림자아이의 슬픔을 낱낱이 통과하여 마침내 자기 안의 찬란한 무지갯빛 가능성을 보여주는 것이 햇빛아이의 진면목입니다.

트라우마 이전의 햇빛아이는 우리 안에 어떤 수많은 가능성과 잠재력이 그대로 살아 있는 상태, 아직 그림자의 침식을 받지 않은 상태입니다. 자기 자신에 대한 믿음과 자신감 등이 살아 있는 상태입니다. 트라우마 이전의 햇빛아이를 되찾기 위해 우리는 그림자아이를 더욱 세심하게 보살펴야 하지 않을까 싶습니다.

우리는 《데미안》에서 햇빛아이와 그림자아이를 동시에 만날 수 있습니다. 크로머에게 상처받기 전 싱클레어의 모습은 아직 순수함과 잠재력과 모든 재능을 갖고 있는 밝은 상태인 햇빛아이였습니다. 그런데 크로머에게 완전히 영혼을 점령당한 상태에 이른 싱클레어는 그림자아이로 변신합니다. 그렇지만 데미안을 만남으로써 다시 햇빛아이를 발견해 냅니다. 햇빛아이의 잠재력을 다시 발견해서 더 나은 어른이 되기까지의 과정, 진정한 개성화를 향한 길이 《데미안》의 작품세계라고 할 수 있습니다.

내면아이의 햇빛에는 무엇이 들어 있을까요. 자기 안에 눈부신 재능과 잠재력, 무엇이든 표현할 수 있을 것 같은 풍요로운 감수성 같은 것들, 우리가 어린 시절 품고 있었던 수많은 가능성과 재능들, 이 모든 것이 내면아이의 햇빛을 구성합니다. 《데미안》에서 싱클레어의 내면아이를 위로하는 사람은 데미안과 에바 부인입니다. 에바 부인과 데미안이 일종의 듀오를 이뤄 싱클레어가 진정한 내면아이를 발견하고 마침내 자신만의 든든한 성인자아를 찾을 수 있도록 도와주는 역할을 해주는 이야기, 그것이 《데미안》의 전체적 구조입니다.

성인자아는 자신의 마음이 움직이는 소리에 귀 기울일 때, 마음의 온갖 천변만화한 움직임에 민감하게 주의를 집중할 때 더 활성화됩니다. 성인자아는 자극에 예민하게 반응할수록 더 활성화될 수 있습니다. 마음을 닫으면 성장할 수 없다는 말입니다. 성인자아는 우리가 감동적인 책을 읽을 때마다, 더 깊고 성숙한 마음으로 사랑할 때마다 무럭무럭 자라납니다.

융 심리학에서는 우리가 두 번 태어난다고 말합니다. 첫번째는 당연히 생물학적인 태어남, 어머니 자궁을 통해서 태어나는 것이죠. 두 번째 태어남은 내가 나를 새로 낳아야 한다는 것입니다. 이른바 개성화를 뜻합니다. 사회화된 나의 껍데기를 뚫고 진정한 나 자신의 모습을 스스로 꺼내서 내가 나의 '진정한 셀프true self', 마음 깊은 곳의 내면의 목소리를 끌어내는 것을 두 번째 태어남이라고 부릅니다. 이 두 번째 태어남은《데미안》에서 알을 깨고 아프락사스가 날아오르는 장면을 생각하면 됩니다. 나를 둘러싼 두꺼운 알껍데기를 깨버리고 마침내 아프락사스를 향해 날아가는 그 몸짓이 개성화입니다. 진정한 나 자신이 되기 위해서는 내가 나의 알을 깨고 스스로 태어나서 새로운 두 번째 태어남을 겪어야만 한다는 것,《데미안》의 주인공 싱클레어가 마침내 겪게 될 그 성장의 모습이지요. 싱클레어로 하여금 자기 안의 내면아이가 가진 두려움과 불안을 떨쳐내게 해준 것은 데미안이었고, 데미안은 싱클레어 안에 이미 그런 잠재력이 있음을 알아본 것입니다. 성인자아의 무한한 잠재력이 이미 싱클레어 안에 있었지만 싱클레어는 스스로 그걸 모른 척하고 있었습니다.

나다움은 발견되기도 하지만 창조되기도 합니다. 나도 몰랐던 나다움을 발견하고 발굴해 내는 기쁨도 있지만, 매일매일 조금씩 나다움을 창조해 내는 기쁨이 더 큽니다. 나다움을 발견하면서 창조하려면 어린이처럼 천진무구하게 호기심을 가져야 합니다. 지쳐 쓰러질 때까지 놀고, 끊임없이 궁금한 것들을 묻고, 쉴 새 없이 새로운 세상과 만나는 적극적인 삶을 추구해야 하지요. 이것이 융이 말하는 개성화이기도 합니다. 그저 남들을 얌전하게 모방하기만 하면 되는 사회화와는 달리, 개성화는 맹렬하게 자기다움을 추구해야 하는 것입니다.

이렇게 역동적이고 적극적인 개성화의 과정은 신경가소성 neuroplasticity이라는 개념과도 연결됩니다. 더 많이 훈련하고, 공부하고, 실천하면 뇌가 쉽게 늙지 않고 오히려 더욱 활성화되고, 노화를 늦출 뿐 아니라 삶 자체가 활기차고 아름답게 변하지요. 뇌과학에서 말하는 신경가소성은 융의 개성화와 매우 잘 어울립니다. 우리가 내면의 기쁨을 적극적으로 추구하는 개성화에 집중할수록 더 많이 움직이고, 더 많은 모험을 하고, 더 많은 사람과 연결될 수 있지요. 나이가 들면서 오히려 더욱 적극적으로 '나다움'을 확장해 가는 것입니다. 신경가소성과 개성화 개념이 저에게 용기를 주는 이유는 둘 다 '노화에 굴복하지 않는다'는 점 때문입니다. 신경가소성과 개성화를 몸소 실천할 수 있다면 우리는 몸의 노화에 굴복하지 않고, 나이가 들수록 오히려 끊임없이 새롭게 배우고 변화할 수 있다는 희망을 품을 수 있습니다.

신경가소성을 활성화시키는 것, 끊임없이 새로운 것을 배우고 익히고 훈련하는 것이 셀프를 새롭게 만드는 중요한 동력이 됩니다. 뜨개질을 달인 수준으로 잘하게 되면 불을 다 끄고, 완전한 암흑 속에서 누워서도 뜨개질을 할 수 있게 됩니다. 저는 가끔 눈을 감고 피아노를 연주하기도 하고 눈을 감고 컴퓨터 키보드를 두드리며 글을 쓰기도 하는데, 그때 두뇌활동이 엄청나게 활성화되고 집중력도 더 강화되는 느낌이 듭니다. 시각을 제외한 다른 감각을 일깨우기 위해서 그렇게 눈을 감고 일을 해보는 것입니다. 이렇게 어떤 악조건 속에서도 일을 잘 해내는 것은 훈련의 결과이며, 신경가소성을 강화하는 일이고, 셀프를 더욱 아름답고 풍요롭게 만드는 것이지요.

신경가소성 훈련의 사례로 가장 많이 드는 것은 런던의 택시 운전사 이야기입니다. 런던의 택시 기사들은 보통 사람들보다 뇌 속의 해마 크기도 커진다고 합니다. 런던의 지도는 물론 아주 복잡한 골목길까지 철저하게 다 외우도록 훈련하기 때문에 다른 사람보다 훨씬 더 길이 많이 뚫린 뇌를 가지게 되는 것이지요. 또 놀라운 사실은 몇 년에 걸쳐 훈련한 운전 능력, 런던의 작은 골목길까지 다 외우고 있던 그 섬세하게 활성화된 운전자의 뇌가 1년만 운전을 하지 않으면 훈련을 받지 않던 상태로 되돌아가 버린다는 것입니다. 우리의 뇌는 어떻게 훈련하느냐에 따라서 완전히 달라지고, 어떻게 그 신경가소성을 활용하느냐에 따라서 우리의 뇌도 마음도 습관도 인생도 달라질 수 있습니다.

그런 의미에서 저에게는 읽기와 쓰기가 저 자신을 매일매일 바꿔가는 신경가소성 훈련, 뇌과학 훈련인 것 같습니다. 읽기와 쓰기를 열심히 하다보면 마음속에 긴장감을 놓치지 않는데, 이 긴장감을 느끼는 것 자체가 매일 즐거워집니다. 물론 저도 원고 마감에 쫓기면 머리카락도 많이 빠지는 것 같고 흰머리도 생기고 소화불량도 심해지고, 육체적으로는 스트레스를 느끼지요. 그 대신에 얻는 것이 훨씬 많습니다. 읽기와 쓰기를 매일 해내면 기억력은 물론 어휘력, 문해력, 사고력, 판단력까지 한꺼번에 확장되니까요. 갑자기 벼락치기를 하면 결과도 좋지 않고 마음에 커다란 죄책감이 생깁니다. 매일 열심히 훈련하는 운동선수들처럼 그렇게 쉬지 않고 나를 단련시키는 사람은 매일매일 자신만의 아프락사스를 향해 힘차게 날아오르게 됩니다. 우리가 데미안처럼 아프락사스를 향하여 거침없이 날아가기 위해서는 끊임없이 우리 안의 데미안과 싱클레어를, 즉 셀프와 에고를 대화시키는 노력이 필요하지 않을까 싶습니다.

싱클레어가 크로머에게 받은 상처는 평생 지워지지 않습니다. 그 상처가 완전히 삭제되거나 깔끔하게 극복되지는 않지요. 그런데 완전한 극복은 어렵지만 치유는 가능합니다. 예를 들면 나중에 싱클레어가 자라서 데미안처럼 누군가를 구하는 존재가 되는 것입니다. 싱클레어를 구원하고 가르침을 주고 특별한 에너지를 주었던 사람은 데미안이었습니다. 어쩌면 싱클레어는 받기만 한 것입니다. 그 연약한 싱클레어가 이제는 데미안의 역할을 하게 됩니다. 싱클레어는 크나우어의 자살을 예감하고 그 친구가 자살하지 않도록 구해주는 존재가 됩니다. 이처럼 싱클레어가 '상처 입은 치유자'가 되어가는 과정이 참으로 눈부시게 다가옵니다. 싱클레어가 그저 상처 입은 존재에서 끝나는 것이 아니라 고통받는 누군가를 구할 수 있는 사람으로 되어가는 과정이 정말 아름답습니다. 싱클레어처럼 상처 입은 피해자가 강인한 생존자로 변화하고, 더 나아가 상처 입은 치유자로 변신하려면, 끝까지 자신의 그림자와 대면하여 싸워서 이겨내는 용기가 필요합니다.

# 아버지를 죽이는
# 꿈을 꾸었습니다

융이 저에게 가르쳐 준 중요한 메시지 중 하나는 '무의식은 어떤 순간에도 우리의 편'이라는 것입니다. 악몽을 꾸거나 가위에 눌렸더라도 그 무의식의 메시지는 결국 의식을 응원하고 치유하는 쪽으로 도움을 줍니다. 악몽이나 가위눌림을 통해서라도 의식이 잘못된 길로 가고 있음을 알려주고 싶은 것이 무의식의 간절함입니다. 무의식은 의식을 도와주는 가장 믿음직스러운 동지이자 끝없는 후원자로서 결코 우리를 버리지 않는다는 것입니다.

심리학에서 저항의 반대말은 라포rapport입니다. 라포는 환자와 의사, 상담사와 환자가 스승과 제자 사이의 진정한 교감이 형성되는 것을 의미합니다. 싱클레어가 저항이라는 장애물을 극복하는 방법은 그림 그리기입니다. 그림을 그림으로써 점점 데미안과 가까워지는데, 이는 에고와 셀프가 대화하는 과정이라고 생각하면 됩니다. 그림을 그리는 과정은 자신의 무의식과 만나는 과정입니다. 그림을 그리거나 음악을 만드는 과정은 좀 더 무의식적인 요소들이 강하게 개입할 수 있습니다. 훈련을 통해서 무의식적인 아이디어를 더 활성화시킬 수 있습니다. 눈을 감고 그림을 그리는 방법도 있고 자다가 일어나서 즉시 그림을 그리는 방법도 있습니다. 의식이 완전히 이성에 장악되기 전, 무의식과 의식의 경계가 흐릿해져 있을 때 그림을 그리거나 음악을 작곡하거나 글을 써보면 훨씬 더 무의식의 목소리를 잘 포착할 수 있습니다. 이렇게 《데미안》에서 싱클레어는 그림을 통해서 자신의 무의식과 만나게 됩니다.

　싱클레어는 꿈속에서도 크로머에게 괴롭힘을 당합니다. 싱클레어는 크로머가 자신의 목을 조르고 괴롭히는 꿈을 반복적으로 꾸는데, 어느 날 꿈속의 크로머가 싱클레어에게 '아버지를 죽이라'고 부추기는 장면이 나옵니다. 아버지가 실제로 싱클레어를 때리거나 목을 조르지는 않지만, 아버지도 크로머와 비슷한 '억압자', '지배자', '폭군'일 수도 있음을 꿈에서 암시하는 것일 수도 있습니다. 그런데 싱클레어는 꿈속에서 아버지를 칼로 찔러 죽이지요. 아버지를 죽이는 꿈은 융 심리학에서는 놀랍게도 매우 긍정적인 꿈입니다. 왜냐하면 내 안의 아버지, 내 안의 원형archetype이자 기원을 극복하는 꿈으로 보기 때문입니다. 융 심리학에서는 우리가 부모님을 미워할 때조차 사실은 '내 안에 있는 부모님의 일부, 부모님과 닮은 부분'을 미워한다고 봅니다. 부모님 자체를 미워하기보다는 '내 안에도 부모님과 유사한 부분이 있을까 봐 두려운 마음'이 더 본질적일 수도 있습니다. 꿈속에서 부모님 중의 한 분이 돌아가신다면 그것은 '부모님의 트라우마를 극복하는 이야기'일 수도 있습니다.

싱클레어도 그 꿈을 꾸고 나서 오히려 상황이 나아집니다. 싱클레어는 부모님처럼 살기 싫었던 것입니다. 교회에 복종하는 삶, 주어진 상황에서 한 치도 나아가지 않는 삶, 권위 있는 사람들의 말에 순종하는 '착하고 순한 아벨의 삶'이 싫었습니다. 싱클레어는 마그마처럼 끓어오르는 모험심으로 가득한, 카인의 후예이기 때문이지요. 싱클레어는 아버지의 삶을 겉으로는 존경했지만, 속으로는 단조롭고 재미없다고 생각합니다. 싱클레어가 괴로운 일이 있을 때 부모에게 말하지 못하는 것도 늘 밝고 좋은 면만 보여주는 부모님의 삶에 자신의 어둠이 깃들 틈이 없다고 생각했기 때문이 아닐까요. 부모님이 데미안처럼 삶의 어둠과 그림자를 직시하는 태도를 보여주었다면. 인생에는 빛도 있고 그림자도 항상 공존하고 있음을, 때로는 그 빛과 그림자가 눈 깜짝할 사이에 서로 섞여서 무엇이 그림자이고 무엇이 빛인지 헷갈릴 때도 있음을 아는 존재였다면. 싱클레어는 세상에서 가장 편안해야 할 집에서 그토록 불편한 마음으로 혼자 끙끙 앓지 않아도 좋았을 것입니다.

싱클레어는 아버지를 죽이는 꿈을 꾸고 나서 새로운 멘토인 데미안과 깊은 연대감을 느끼게 됩니다. 싱클레어는 더 이상 부모님을 이상적인 삶의 모델로 생각하지 않습니다. 싱클레어는 자기 안의 크로머를 죽이고, 자기 안의 아버지를 죽이고, 마침내 '나라는 단독자'로서 성장할 수 있는 시기에 접어들게 된 것이지요.

# 나는 카인일까,
# 아벨일까?

싱클레어는 카인과 아벨에 대한 독특한 해석을 내놓는 데 미안의 말을 들으며 커다란 충격에 빠집니다.

"간단한 이야기야! 진짜 있었던 것, 이야기를 이끌어 낸 출발점은 어떤 표적이야. 한 남자가 있었지. 그의 얼굴에는 다른 사람들을 겁나게 하는 무언가가 있었어. 사람들은 감히 그를 건드리지 못했어. 카인과 그의 자손들은 평범한 사람들을 압도했던 거야. 그것은 우체국 소인처럼 정말 이마에 찍힌 뚜렷한 표적은 아니었을 거야. 현실에서 그렇게 뻔한 상황은 잘 일어나지 않거든. 오히려 그건 금방 알아볼 수는 없는 미묘한 섬뜩함 같은 것, 사람들을 바라보는 시선에 담긴 뛰어난 정신력과 대담성 같은 것이었을 거야. 그에게는 힘이 넘쳤고, 사람들은 그를 무서워했어. 그는 무언가 '표적' 하나를 지니고 있었던 것이겠지. 그것에 대해 사람들은 저마다 제멋대로 설명할 수 있었던 거야. 게다가 '사람들'은 항상 자기 위주로 더 편한 것, 스스로 합리화할 수 있는 것을 원하잖아. 사람들은 카인의 후예들이 두려웠어. 그들에겐 '표적'이 있었으니까. 그래서 사람들은 그 표적을 원래대로 뛰어남에 대한 훈장으로 설명하지 않고, 오히려 그 반대라고 설명한 거지."

데미안은 카인의 표적이 원래 그의 우월함을 나타내는 증거였다고 해석합니다. 그런데 카인을 무서워하던 많은 사람은 오히려 카인이 지탄받고 차별받아 마땅한 존재인 것으로, 거꾸로 해석했다는 것이 데미안의 생각입니다.

"사람들은 이 표적을 가진 사람들이 무섭다고 말했어. 실제로 그들이 무섭기도 했을 거야. 왜냐하면 용기와 개성을 지닌 사람들은 항상 다른 사람들에게 매우 불길하게 느껴지니까. 겁도 없고 사악한 사람들이 자유롭게 돌아다닌다는 것은 아주 위험한 일처럼 느껴졌기 때문에, 사람들은 이들에게 별명을 붙이고 이야기를 꾸며낸 거야. 그들에게 복수하고 싶었던 거야. 지금까지 참아온 무서움을 조금이나마 보상받기 위해 그런 이야기를 꾸며낸 거야. 이해할 수 있지?"

카인에 대한 차별은 어떤 초월적인 존재, 보통 사람들을 넘어서는 뛰어난 존재에 대한 두려움에서 비롯되었다는 것입니다. 남다른 존재에 대한 질투심과 증오가 카인의 표적을 뛰어남의 증거가 아니라 차별당하고 무시당해도 마땅한 존재라는 증거로 바꿔놓았다는 것이지요. 데미안은 카인과 아벨의 교훈적인 이야기 뒤에 숨어 있는 '카인에 대한 군중의 두려움'을 간파했습니다. '카인은 사악하고 아벨은 선량하다'는 표면적 해석에 그친 것이 아니라, 오히려 이 이야기 속에 숨어 있는 '뛰어난 존재에 대한 군중의 두려움'을 발견한 것입니다. 데미안은 카인과 아벨의 이야기를 용기 있고 개성 있는 존재, 뛰어난 존재에 대한 사람들의 질투와 두려움에 관한 이야기라고 해석했습니다. 이 말을 들은 싱클레어는 커다란 충격을 받습니다.

어린 싱클레어가 받아들이기엔 무척 버거운 '인식의 전환'

이 필요했습니다. 게다가 싱클레어는 독실한 기독교 집안에서 자라난 아이였지요. 정통 기독교 신자들의 시선으로는 도저히 이해할 수 없는 데미안의 독특한 해석이 싱클레어를 두렵게 만듭니다. 이런 이야기도 나오지요. 데미안 역시 또 다른 유혹 자였다고. 싱클레어에게 크로머만 유혹자가 아니라 데미안도 유혹자였다는 말입니다. 하지만 유혹이 꼭 나쁜 것만은 아니 지요. 데미안의 유혹은 진정한 나 자신을 향한 길에 이르려는 위대한 정신의 유혹이었으니까요. 그렇다면 크로머의 유혹과 데미안의 유혹은 어떻게 다를까요.

싱클레어는 크로머의 카리스마에 매혹되어 거짓말을 지 어냈습니다. 싱클레어는 크로머에게 끊임없이 괴롭힘을 당하 면서도 그에게 지배되고 통제되는 일을 참아냈지요. 그런데 간 신히 크로머에게 벗어난 후에도 데미안과 곧바로 친구가 되지 는 못합니다. 왜냐하면 데미안은 '카인의 표적'을 지닌 사람처 럼 보였던 것이지요. 크로머는 폭력적이어서 두려웠지만, 데미 안은 '지금까지 내가 알고 있었던 세계'를 무너뜨리는 존재처럼 보였기 때문에 두려웠던 것입니다. 싱클레어는 분명히 데미안 에게 매혹되었지만 동시에 데미안과 친해지는 것 역시 두려워 합니다. 데미안과 가까워지는 것은 부모님의 밝은 세계, 기독 교의 단정한 세계, 신앙과 가정이라는 보호막으로부터 멀어지는 것을 의미했으니까요.

싱클레어는 크로머로부터 자신을 구해준 데미안에게 고마움을 느끼면서도 한동안 데미안을 피해 다니며 그와 친해지는 것을 두려워합니다. 그런데 이 순간 데미안과 싱클레어의 대화는 매우 흥미롭습니다. 싱클레어가 매력적인 유혹자인 데미안에게 진정으로 매혹되는 순간이지요. 진정한 내면의 만남에는 항상 고통과 그림자, 복잡한 깨달음의 과정이 포함될 수밖에 없다는 점을 드러내는 장면이기도 합니다. 문학작품을 짧게 '정보'나 '줄거리'로만 요약해서는 결코 얻을 수 없는, 작품을 꼭 읽어야만 느낄 수 있는 주인공의 생생한 대화가 지닌 아름다움을 보여주는 장면이기도 하지요.

싱클레어는 데미안의 말에 충격을 받고, 그렇다면 카인이 동생을 죽인 일도 사실이 아니라는 말이냐고 묻습니다. 데미안은 이렇게 대답합니다.

"아니야. 죽인 건 분명한 사실이야. 강한 사람이 약한 사람 하나를 죽인 거야. 그런데 정말 친형제였는지는 의심할 여지가 있어. 그들이 정말 친형제였는지 그렇지 않은지는 중요하지 않아. 결국 모든 인간은 형제라고도 할 수 있으니까. 어떤 강한 남자가 약한 남자를 때려죽인 거야. 그것은 영웅적 행동이었을 수도 있고 아닐 수도 있어. 그런데 다른 나약한 자들이 겁에 질린 나머지 불평을 늘어놓기 시작한 거야. 그러면 당신들도 그 강한 사람을 때려죽이면 안 되는 거냐고 누가 묻는다면, 그들은 사실 우리가 겁쟁이들이라 그러지 못한다고 털어놓을 순 없으니까 이런 말을 지어낸 거야. 사실 그는 표적을 가지고 있다고. 하느님이 그에게 표적을 새겨주신 거라고. 이런 식으로 거짓말을 꾸며낸 것이 분명해."

데미안은 카인과 아벨에 대한 정통 기독교의 해석을 완전히 뒤집어 버립니다. 이 부분에 대해서 많은 논란이 있을 수밖에 없습니다. 그런데 《데미안》은 문학작품입니다. 문학작품의 새로운 해석은 우리가 그 자체로 경청할 필요가 있습니다. 나의 신념과 상관없이, 나의 신앙과 믿음과 상관없이 문학작품 속에 나오는 독특한 의견, 나와 다른 의견은 편견 없이 그것 자체로 경청하는 법도 우리가 배워야 할 것 같습니다. 데미안의 생각에 동의할 수 없더라도 일단은 마음을 열고 읽어주셨으면 좋겠습니다. 저는 솔직히 데미안의 해석이 재미있었지요. 데미안의 눈에 비친 카인은 기존의 시선으로는 좀처럼 인정하고 받아들일 수 없는 독특하고 뛰어난 사람입니다. 저는 데미안의 카인에 대한 해석을 융 심리학에서 말하는 개성화와 연결해 보고 싶습니다.

융 심리학에서 말하는 사회화는 우리가 공동체를 꾸려나가기 위해 어쩔 수 없이 부과하는 의무나 제도, 규칙이나 규율 같은 것입니다. 즉 타인의 시선에 따라 내 삶을 살아가는 것이 사회화의 욕망입니다. 이는 사회에서 따돌림을 당하지 않기 위한 필사적인 몸부림이기도 합니다. 사회화가 우리를 지켜주는 부분도 분명히 있습니다. 하지만 사회화가 어느 정도 진행된 다음, 그럼에도 불구하고 우리는 '사회화로 포섭되지 않는 나, 진정한 나 자신'을 찾고 싶은 열망을 느끼게 되는데, 이것이 개성화의 욕망입니다.

어렸을 때는 주눅 들지 않고, 구김살 없고, 꾸밈없는 나 자신의 모습으로 살 수 있었습니다. 그런데 나이가 들어가면서 외부로부터 끊임없이 자존감에 대한 공격을 받습니다. 너는 왜 이렇게 예민하니, 모난 돌이 정 맞는다, 이러면서 끊임없이 개성이 위협 당합니다. 독특한 의견, 창조적인 의견을 가진 사람은 마치 카인처럼 돌발적인 존재이자 두려운 존재가 되는 것입니다. 특이함을 감당하지 못하는 사람들이 너무 많습니다. 그러다 보니 사람들은 독창적인 생각이 있어도, '그냥 나 혼자만 생각해야지', '아무에게도 말하지 말아야지' 하며 점점 자기 자신의 개성화를 향한 욕구를 내려놓습니다. 새로운 아이디어를 지닌 사람들이 점점 움츠러들 수도 있습니다. 사회화에 만족하는 사람들이 개성 따위는 몰살해 버린 채 성공과 인기에만 골몰하는 사회가 나을까요? 아니면 개성화된 사람들이 거대한 모자이크처럼 다채로운 아름다움으로 빛나는 세계가 아름다울까요? 당연히 개성화된 사람들의 수많은 차이가 있는 그대로 받아들여지고, 그들의 특이함을 독창성으로 받아주는 세계가 훨씬 행복한 세상이겠지요.

융 심리학에서는 개성화의 욕구가 더 커지는 시기를 중년 이후로 봅니다. 왜냐하면 중년까지는, 특히 사십 대 초반 정도까지는 사람들이 사회화를 위해 노력할 수밖에 없다는 것입니다. 가족을 이루거나, 자신의 직업에서 어느 정도 궤도에 오르거나, 이 사회의 일원으로 인정받기 위한 노력이 사회화인데, 그런 노력 속에서는 개성을 향해 매진할 시간이 부족합니다. 그런데 자신의 삶이 어느 정도 궤도에 올라간 후에는 개성화를 향한 자기실현self-realization의 욕구가 발현합니다. 자아실현과 자기실현은 좀 다른 개념입니다. 융 심리학에는 자아실현을 사회화와 동일한 개념으로 봅니다. 다른 사람이 보기에도 괜찮은 삶을 사는 것, 대세나 유행에 따라 살면서 성공하는 것을 사회화라고 말합니다.

개성화는 그와 다릅니다. 누가 뭐래도 나만의 길을 가는 것, 수많은 사람이 내게 악성 댓글을 달아도 나만의 의견을 말할 수 있는 권리와 자유를 지키는 삶이 개성화입니다. 그래서 자아실현보다는 자기실현이 훨씬 더 어렵습니다. 에고의 꿈을 이루는 것보다는 셀프의 꿈을 이루는 것이 훨씬 어렵지만 중요한 일입니다. 그런데 《데미안》에서는 아직 십 대 초반에 불과해 보이는 데미안이 벌써 개성화 단계에 접어들었습니다. 멋지지 않나요? 데미안은 어떤 억압이나 규칙에도 구속되지 않는데 이는 에바 부인의 교육 때문이기도 합니다. 선생님들도 감당할 수 없는 독특한 의견들을 제시하는 데미안을 보면, 데미안이 굉장히 자유로운 분위기에서 자랐다고 짐작할 수 있습니다. 어쩌면 그들이 속한 공동체에서 가장 중요한 사회화의 전당이라고 말할 수 있는 교회에 나가지 않으면서 데미안과 에바 부인은 자신들만의 개성 있는 삶을 추구할 수 있었던 것이지요.

싱클레어는 개성화가 끝난 사람처럼 자신만의 독창적인 생각을 거침없이 표현하는 데미안을 보면서 두려움과 공포, 부러움과 신비함이라는 양가감정에 휩싸입니다. 싱클레어는 데미안이 크로머처럼 자신을 때리거나 위협하거나 돈을 달라고 하진 않겠지만, 데미안의 카리스마가 또 다른 지배일지도 모른다는 두려움을 느끼는 것 같습니다. 많은 사람이 심리학에 매력을 느끼지만 동시에 거부감도 느낍니다. 저 사람이 나를 분석할 것 같은 두려운 마음 때문입니다. 저에게도 그런 마음이 있었습니다. 심리학을 공부하면 저도 모르게 다른 사람을 분석하지 않을까 하는 두려움도 있었고, 심리학이 저를 분석하는 것도 싫었습니다. 그렇지만 그 저항의 외피를 뚫고 나면 우리는 진정으로 그림자와 대면하는 시간을 가질 수 있습니다. 그 그림자 층을 뚫어야만 내 자신 속에 숨어 있는 진정한 창조성과 가능성을 만날 수 있는 것입니다.

그래서 자신의 잠재성과 만나기 위해서는 그림자와 대면해야 합니다. 그런데 그림자와 대면하는 것은 무척 어렵고 힘들고 두려운 일입니다. 그림자와 대면하기 위해서는 나의 트라우마를 솔직히 인정해야 하고, 나의 콤플렉스를 속속들이 알아야 하며, 트라우마와 콤플렉스를 매일매일 들여다봐야 하기 때문이지요. 데미안은 그 어려운 일을 벌써 해내고 있었던 것입니다. 또한 데미안은 싱클레어의 마음 깊은 곳에 잠복해 있는 상처를 건드리고, 그 상처를 똑바로 바라보게 만듭니다. 싱클레어는 부모의 보살핌 아래에서 편안하게 살고 싶은데, 데미안이 자꾸 고민거리를 던지는 것이지요. '너, 카인과 아벨에 대해서 다시 생각해 보면 안 되겠니?' 하면서 말입니다.

싱클레어는 데미안의 질문을 통해서 자신이 부모님의 완벽한 보호 아래에서 살고 있는 세계가 곧 아벨의 세계라는 것을 알게 됩니다. 데미안에게 싱클레어의 세계는, 사회화된 세계였던 것입니다. 여기서 사회화란, 다른 사람이 시키는 대로 사는 삶을 뜻합니다.

그렇다면 카인의 표적의 진정한 의미는 무엇일까요? 나 혼자여도 괜찮다, 나 혼자서 내가 원하는 삶을 개척해도 괜찮다는 자기 자신에 대한 믿음입니다. 종교나 신앙의 관점에서 보면, '이 사람은 뭐야, 신앙이 필요 없다는 거야, 신에게 의지하지 않겠다는 거야, 아프락사스 같은 걸 믿다니 그런 것은 밀교나 이단이 아닌가'라는 부정적인 시선에서 볼 수 있습니다. 하지만 데미안은 타인의 시선, 종교의 시선, 집단의 시선에 아랑곳하지 않습니다. 데미안은 에바 부인과 함께 언제나 개성화의 길을 걸어가고 있었지요. 대부분 사람이 중년에 접어들어도 시작할까 말까 하는 그 험난한 개성화의 길을 데미안은 아직 어린 소년일 때부터 걷고 있었던 것입니다. 데미안은 진정 타인의 시선이 전혀 두렵지 않았던 것입니다.

사랑

## 불꽃처럼
## 아테나처럼


《데미안》에 나오는 에바 부인의 존재가 융 심리학에서 말하는 아니마anima의 발현입니다. 남성에게 결핍된 무의식의 여성성, 아니마의 개념에 가장 잘 어울리는 존재가 에바 부인입니다. 에바 부인은 싱클레어의 입장에서는 남성의 잃어버린 여성성을 상징하는 존재가 아닐까 싶습니다. 남성으로 키워졌기에, 남성이라는 에고를 요구받기 때문에, 남성의 에고로 살다 보면 어쩔 수 없이 희생되는 부분이 있습니다. 그 부분이 아니마라고 할 수 있지요. 반대로 여성으로 키워지기 때문에 억압된 남성성이 아니무스animus입니다. 지금은 이렇게 정확하게 나뉘는 시대가 아니지만요. 오늘날은 여성성과 남성성이라는 개념 자체가 무너지는 시대이기 때문에 이 설명이 좀 도식적으로 느껴질 수 있습니다.

그런데 저는 요즘 우리 모두에게 아니마와 아니무스가 동시에 결핍된 것은 아닐까, 하고 생각합니다. 저에게도 아니무스가 필요한 순간이 있고, 아니마가 필요한 순간이 있지요. 아니무스가 필요한 순간은 용기와 뚝심, 결단력, 육체적 힘 같은 것이 요구될 때입니다. 아니마가 필요한 순간은 아파하는 타인을 보살피는 따스한 마음이 절실한 순간이지요. 이 모두가 우리에게 필요하지만, 현대사회에서는 오히려 아니마와 아니무스의 단점만이 더 두드러지곤 해서 안타깝습니다. 파괴와 경쟁으로만 치닫는 아니무스, 타인을 지향하다가 나를 잃어버리는 아니마는 우리가 '지양'해야 할 것이지요. 아니마와 아니무스는 본래 더 풍요롭고 아름다운 의미로 우리 자신의 결핍을 보완해 줄 수 있는 무의식의 힘입니다.

융 심리학에서 말하는 여성성(아니마)은 사랑스럽고 어여쁜 여성성을 말하는 것이 아니라, 풍요로운 생명의 힘을 뜻합니다. 보살펴 주고 보듬어 주고 배려해 주고 치유해 주는 힘입니다. 이는 저의 해석이지만, 아니무스가 권력을 향한 의지라면 아니마는 치유와 배려를 향한 의지라고 생각합니다. 저는 아니마와 아니무스를 좀 더 확장해서 생각해 보고 싶습니다.

왜냐하면 아니마를 단순히 남성에게 억압당한 여성성으로 해석하면 남성에게만 아니마가 부족한 것 같은 느낌이 드는데, 그건 아닌 것 같습니다. 저는 자본주의 자체가 아니무스라고 생각합니다. 자본주의는 힘을 추구하고 권력을 추구하고 끊임없이 메이저의 권력, 다수성을 추구합니다. 다수성의 세계는 더 많은 사람이 유행과 대세를 따라가는 삶을 추구하는 자본주의의 세계입니다.

아니무스를 뚜렷하게 상징하는 존재는 스파르타 전사입니다. 스파르타는 아니무스가 극대화된 상태의 표본입니다. 스파르타는 수많은 전쟁에서 이겼음에도 불구하고 왜 그렇게 빨리 허물어졌으며, 또한 왜 이렇게 그들의 문화가 적게 남아 있을까요. 파괴, 전쟁, 승리밖에 몰랐기 때문입니다. 문화를 파괴하기만 하고 창조하는 데는 소홀했기 때문에 아테네나 여타 문명에 비해 그 흔적이 훨씬 적게 남은 것입니다. 아니무스의 약점이기도 하지요. 권력을 추구하는 데는 승리하지만 문화를 보존하고 더 오래 사랑받게 하는 데는 승리할 수 없었던 것이지요. 아니무스의 단점은 하나의 목표를 향해서만 경쟁적으로 달려가는 데 있습니다. 눈가리개를 한 경주마처럼 주변을 돌아보지 않고 오직 앞으로만 질주하는 것입니다. 아니무스는 어떤 목표를 성취해 내는 데는 매우 긴요합니다. 마침내 내가 원하는 그 목표를 향해서 끝까지 달려가는 사람들은 아니무스가 발달한 사람들입니다.

그런데 왜 스파르타보다 상대적으로 전투력이 약한 아테네가 더 많은 문화와 예술의 흔적들을 남긴 것일까요. 그것은 아테네 문명이 지닌 집단적 아니마의 힘 때문이 아닐까요. 아테네는 여신을 수호신으로 삼았고, 아름다운 모든 것을 숭배하는 문화를 발전시켰지요. 아레스 신과 아테나 여신을 비교해 보면 아니무스와 아니마의 특징과도 비슷합니다. 아레스 신은 파괴하는 전쟁, 죽이는 전쟁만을 추구했습니다. 반면에 아테나 여신은 지혜를 추구하고, 예술과 아름다움과 솜씨와 기술을 사랑합니다. 치유하고 배려하고 창조하는 에너지, 그것이 아니마의 장점입니다.

물론 아니마의 단점도 있습니다. 바로 다른 사람만 생각하다가 결국 나 자신을 못 챙길 수가 있다는 점입니다. 착하디착한 어머니는 자식들한테 계속 퍼주기만 합니다. 마침내 자기 자신의 삶이 사라집니다. 다른 사람을 걱정하다가 내 인생을 보호하지 못하는 것이 아니마의 단점이라고 할 수 있습니다. 아니무스는 '위치'를 중시하고, 아니마는 '관계'를 중시합니다. 그러나 전반적으로 이 세상은 아니무스보다 아니마가 더 부족합니다. 사람들이 흔히 말하는 여성성은 진정한 의미의 아니마와는 거리가 멀지요. 문화를 창조하는 여성성(아니마)은 치유와 배려를 통해 더 나은 세상을 만드는 힘입니다. 아무리 힘든 상황에서도 포기하지 않고 존재를 품어내는 사람들이 있습니다. 타인의 아픔을 내 아픔처럼 생각하는 사람들, 힘겹고 외로운 사람들을 배려하고 치유하는 사람들, 그들 덕분에 세상은 하루하루 더 살 만해집니다. 세상은 악독한 빌런으로 가득한 것 같지만 아니마의 힘, 배려와 치유의 힘이 끝내 이길 것입니다. 저는 《데미안》의 또 다른 주인공 에바 부인이 바로 그 아니마의 치유와 배려, 사랑과 공감의 에너지를 상징하는 존재라고 생각합니다.

# 초자아가
# 지배하는 세계

《데미안》이 우리에게 보여주는 아니마는 에바 부인을 통해서 상징되는 치유와 배려의 힘입니다. 에바 부인은 생명의 여신 같은 사랑과 조화와 평화를 상징하는 존재입니다. 《데미안》은 후반부로 갈수록 에바 부인의 역할이 중요해집니다. 이에 대해서는 이 책 후반부에서 좀 더 자세히 설명하도록 하겠습니다.

마침내 크로머의 손아귀에서 벗어난 싱클레어는 데미안과 점점 친해집니다. 데미안은 자신의 이야기에 공감해 주는 싱클레어에게 한 걸음 더 다가가려 합니다. 데미안의 관점으로 보면 싱클레어와 에바 부인을 제외하고는 다들 아벨의 세계나 크로머의 세계에 살고 있는 것처럼 보입니다. 아벨의 세계나 크로머의 세계에서는 데미안의 말이 잘 들리지 않습니다. 아벨의 세계는 오직 복종, 오직 규칙, 오직 모범생들만 살 수 있는 초자아가 지배하는 세계입니다. 슈퍼에고Superego라고 하지요. 초자아는 무언가를 금지하고 통제하고 지배해서 이드Id의 창조적인 분출, 이드의 야생적인 열망을 억압합니다. 이것이 초자아의 목적입니다. 싱클레어의 부모님들이 살아가는 목가적인 아벨의 세계는 평화롭지만 아무런 모험도 없는 세계입니다. 새로운 모험이 없는 세계, 안정되고 조화롭고 평화롭지만 새로운 일이라고는 하나도 일어나지 않는 세계, 모험을 두려워하는 세계, 어떻게 보면 소심하고 단조로운 세계입니다.

크로머의 세계는 사악하고 두려운 세계입니다. 그의 세계는 타인의 삶을 파괴하는 세계입니다. 크로머는 싱클레어의 돈을 빼앗고 괴롭히고 심지어 싱클레어의 누나를 데려오라고 합니다. 여기서 싱클레어는 심각한 위기감을 느낍니다. 싱클레어의 누나를 성적으로 괴롭히려고 하는 크로머의 의도가 분명히 보이는 대목입니다. 이때 싱클레어는 문제가 심각하다는 것을 깨닫습니다. 싱클레어는 아직 성에 눈을 뜨지 않아서 무슨 일이 일어나고 있는지 정확히는 모르지만, 크로머가 분명 누나에게 나쁜 짓을 할 것임을 예감합니다. 그때 싱클레어는 정신을 차리고 더 이상 크로머의 악행을 참고 견딜 수 없다는 결론에 다다릅니다.

작품 초반부에서 싱클레어는 '두 세계' 사이의 대립을 느꼈지만, 자세히 보면 '세 가지 세계' 사이의 대립을 느끼는 것 같습니다. 크로머의 세계는 가장 나쁜 세계입니다. 오직 추악한 욕망과 파렴치한 이기심이 지배하는 세계입니다. 데미안의 세계는 선량한 아벨의 세계가 아니라 오싹한 카인의 세계지요. 싱클레어가 지금까지 평화롭게 살아왔던 '아벨의 세계'에 '크로머의 세계'와 '데미안의 세계'가 끼어든 것입니다. 크로머의 세계는 사악하고 이기적인 세계이고, 데미안의 세계는 창조적이고 매력적이지만 위험한 세계이기도 합니다. 지금까지 밝은 세계, 착한 세계, 평화로운 세계로 각광받았던 아벨의 세계는 크로머의 세계와 데미안의 세계가 끼어들자 치명적인 결점을 드러냅니다. 아벨의 세계는 평화롭고 편안하지만 그 어떤 모험이나 새로움도 들어설 수 없는 완벽한 사회화의 세계이며, 개성화의 실험이 이루어질 수 없는 닫힌 세계인 것입니다.

이렇게 혼란을 느끼는 싱클레어에게 데미안은 중요한 이야기를 합니다. 만약에 네가 크로머에게 계속 붙잡혀 지낸다면, 크로머에게 약점을 잡혀서 그 아이에게 너의 인생의 주도권을 준다면, 너는 영원히 헤어 나올 수도 없는 무서운 상황에 빠질 수 있다고 이야기합니다.

"너는 그 크로머라는 녀석을 떨쳐내야 해. 그게 안 된다면 녀석을 죽도록 패버려! 만약 네가 그렇게 한다면 정말 감동적이고 기쁠 거야. 그럼 내가 널 도와줄게."

데미안이 싱클레어에게 다가오는 방식은 그야말로 '강력한 직구'처럼 느껴지지요. 데미안의 이야기는 이렇게 강력하면서도 공격적이기까지 해서, 싱클레어는 두려움을 느낍니다. 다시 말하면, '너를 괴롭히는 아이에게서 네가 벗어나지 못한다면 그 아이를 때려죽여도 괜찮아!'라고 이야기하는 것이지요. '가서 죽도록 패버려!' 제가 이 부분을 강의할 때마다 저를 향해서 두려운 눈빛을 보이는 분들이 있습니다. 저는 그저 책의 내용을 읽어줄 뿐인데 말입니다. 그런데 저는 그 두려운 눈빛에서 약간의 쾌감을 느낍니다. 이 쾌감의 정체가 무엇일까 생각해 봤는데, 저 또한 한 번도 그런 행동을 해보지 못했기 때문입니다. 실제 생활에서 저를 괴롭히는 사람을 멋있게 제압한 적이 없는 것이지요. 그런데 데미안이 마침내 해냅니다. 전혀 폭력을 쓰지 않고 말입니다. 데미안은 크로머가 다시는 싱클레어에게 접근하지 못하도록 만듭니다. 이후 크로머는 절대 싱클레어를 괴롭히지 않지요. 데미안이 싱클레어에게 진짜 하려는 이야기는, 너를 지배하려고 하는 사람, 너를 통제하려는 사람을 네가 물리치지 않으면 너는 평생 네 자신이 될 수 없다는 것입니다. 그 사람을 온 힘을 다해 네 인생에서 몰아내고 네 자신이 되어야 한다는 말입니다. 개성화의 의지를 관철하기가 이렇게 어렵다는 것을 데미안은 벌써 알고 있는 것이지요. 데미안도 아주 행복하고 평화로운 환경 속에서만 자라난 아이가 아니라는 것을 짐작할 수 있습니다. 데미안은 이미 자신의 그림자와 대면하고 맞서 싸워서 마침내 승리한 존재였던 것입니다.

데미안의 이런 모습이 '아니무스의 장점'을 잘 드러내는 것 같습니다. 무섭기도 하지만 속 시원하게 느껴지는 부분이지요. 아니무스는 나를 공격하는 모든 것을 향해서 끝까지 싸우는 힘입니다. 이것이 아니무스의 좋은 점입니다. 싱클레어의 아니무스를 깨워주는 사람이 처음에는 데미안이었습니다. 우리 안에 억압된 아니무스는 무엇일까요. 저에게 아니무스가 가장 부족했던 시절은 '거절을 못하던 시절'이었습니다. 싫어도 싫다고 말 못하고, 타인의 부탁을 거절하지 못하고 꾸역꾸역 일을 떠맡고, 사람들에게 끌려다니기만 했던 십 대와 이십 대 시절이 생각납니다. 나는 왜 그렇게 고분고분한 '예스맨'이었을까, 후회될 때가 있어요. 실은 저는 착한 사람이 아니라 지혜로우면서도 강인한 사람이 되고 싶었지요. 하지만 겉으로는 착한 척을 하면서 느끼는 만족감도 조금은 있었던 것 같습니다. 하지만 그 만족감은 오래 갈 수 없지요. 제가 진짜로 원하는 것이 아니기 때문에. 저는 편의상 착한 척을 했지만 사실은 강한 사람이 되고 싶었습니다. 그것이 데미안이 저에게 일깨워 준 '내 안의 아니무스'였던 것입니다.

저의 진짜 인격은 어쩌면 데미안처럼, 카인처럼 강렬한 무언가를 꿈꾸고 있었던 것이지요. 나만의 길을 걸어가고 싶은 간절함이 저에게도 있었던 것 같습니다. 아름다운 문학작품은 우리로 하여금 지금까지 자신을 억압해 온 어떤 힘을 발견하게 해줍니다. 아, 내 안에도 카인이 있구나. 내 안에도 데미안이 있구나. 싱클레어처럼 끌려다니면 안 되겠구나. 마침내 데미안은 싱클레어에게 자신을 지키는 힘은 오직 자신에게서 나와야 한다는 것을 일깨워 주는 것이죠. 물론 데미안이 한 말의 진의는 크로머를 죽이라는 뜻이 아니라, 나다움을 지켜내려면 그 사람을 때려죽일 각오라도 해야 한다는, 그런 용기가 있어야 한다는 의미입니다. 나를 지키려는 각오가 어디까지 필요한가를 알려주는 것입니다. 그만큼 개성화의 길은 멀고 험하고 어려운 길일 때가 많습니다.

잠시 빈센트 반 고흐의 예를 들어볼까요. 만약 그가 사람들의 말을 들었다면 어떻게 되었을까요. 사람들은 팔리는 그림, 대중적인 그림을 원했습니다. 동생 테오마저도 고흐에게 이렇게 말했습니다. '형, 제발 팔리는 그림을 그려줘.' 빈센트를 가장 잘 이해하는 테오조차도 형에게 대중성과 상업성을 요구했던 것이지요. 그 대중성과 상업성이야말로 우리의 에고가 강력하게 이끌리는 대목입니다. 데미안 식으로 말하면, 아벨처럼 세상에 순종하는 그림을 그리라는 것이지요. 빈센트가 동생 테오의 말을 들었다면, 우리에게는 〈해바라기〉와 〈별이 빛나는 밤〉 같은 걸작들이 남아 있지 않을 것입니다. 빈센트의 〈해바라기〉는 당시에는 혹평을 받았지요. 눈을 찌르는 것 같다고, 끔찍하다고. 〈감자 먹는 사람들〉은 팔이 비틀어졌다느니, 원근법이 틀렸다느니, 하는 혹평을 들었습니다. 고흐는 '데생을 제대로 못한다', '원근법도 이해하지 못한다'는 세간의 심각한 혹평을 들었지만, 가슴 아픈 그 혹평을 진심으로 받아들이지는 않았을 것입니다. 마침내 자기만의 길, 자기만의 해바라기, 자기만의 별을 그리는 데 성공했으니까요.

고흐가 사람들이 원하는 사회화의 길을 걸어갔다면 〈해바라기〉는 없었겠죠. 고흐의 〈별이 빛나는 밤〉도 우리에게 도착하지 않은 편지 같았겠죠. 개성화의 소중함은 그런 것입니다. 완전히 창조적인 것을 해낸 사람들, 자신의 잠재력을 끝까지 실현하는 사람들은 미친 듯이 외로워야만 합니다. 창조성의 대가인 셈이지요. 이토록 외로운 길을 걸어야만 개성화가 가능할 때도 있습니다. 빈센트 반 고흐, 베토벤, 헨리 데이비드 소로, 버지니아 울프, 수전 손택 같은 사람들이야말로 그런 혹독한 개성화의 길을 굳건하게 걸어갔던 사람들이 아닐까요. 빈센트가 발작과 우울의 고통 속에서도 〈별이 빛나는 밤〉을 그렸던 것처럼 진정한 자신이 되는 길 위에 굳건히 서 있을 수 있는 용기. 그것이야말로 개성화를 위해 우리에게 필요한 용기일 것입니다. 다행히 그 용기를 불러 깨우는 사람들이 있습니다. 그런 사람들이야말로 스승이자 멘토이자 진정한 친구입니다.

싱클레어가 데미안의 따스한 마음을 깨닫는 순간, 이런 생각을 하지요. 마침내 나는 더 이상 혼자가 아니라고. 싱클레어는 그동안 얼마나 무섭고 외로웠는지를 비로소 깨닫습니다. 구원의 짙은 예감이 마치 향기로운 봄바람처럼 밀려오기 시작합니다. 부모님도 할 수 없는 것을, 그 어떤 어른도 싱클레어에게 해주지 않았던 것을, 어린 데미안이 해주었지요. 그것은 고통받는 한 사람의 영혼을 구하는 위대한 일이었습니다. 데미안은 싱클레어에게 숨겨져 있던 전사의 본성을 끌어냅니다. 넌 싸울 수 있어. 넌 반드시 너 자신의 개성화의 길 위에 설 수 있어, 라고 용기를 준 것입니다.

# 내면의
# 황금을 찾아서

제 인생의 책 중에서 미셸 세르Michel Serre의 《천사들의 전설》이라는 책이 있습니다. 천사들의 전설, 헤르메스에 대한 이야기입니다. 헤르메스는 신의 전령입니다. 헤르메스는 그리스 신화에서 가장 경쾌하고 유쾌한 캐릭터입니다. 헤르메스가 없으면 신의 명령이 인간에게 도달하지 못합니다. 《천사들의 전설》에서 말하는 '헤르메스의 시대'라는 말은 '미디어의 시대'를 의미합니다. 《천사들의 전설》은 미디어 시대의 미디어는 과연 어떤 모습을 취해야 하는 것인가에 대한 철학적 의미를 되짚어 보는 책입니다. 흥미진진하면서도 감동적인 책이지요. 이 책에서 말하는 천사는 헤르메스, 미디어, 메신저를 가리킵니다.

이 책을 읽으면서 저는 이런 생각을 했습니다. 미디어들이 오직 자본의 명령에만 복종하고, 더 많은 '좋아요'와 더 많은 클릭 수를 위해 어뷰징abusing에만 몰두하면서 황색 저널리즘을 강화한다면, 결코 진정한 헤르메스의 시대에 도달할 수 없지 않을까요. 천사들의 원래 역할이 뭘까요? 신의 목소리를 전달해 주는 것입니다. 수태고지를 예로 들 수 있겠네요. 천사는 마리아에게, 너는 신의 아이를 갖게 될 것이라는 일생일대의 중요한 메시지를 제대로 전달합니다. 미셸 세르는 오늘날의 미디어가 진정한 천사의 역할을 해야 한다고 주장합니다. 미디어가 천사라니! 정말 멋진 해석이지요. 그런데 정작 현실사회에서는 미디어들이 천사의 역할을 수행하지 않습니다. 자본과 권력의 편에 서는 미디어는 천사가 될 수 없지요. 우리는 자본과 권력에 휘둘리지 않고, 저마다 '가장 나다운 천사'가 되어 이 세상의 아름다움을 타인에게 전달해 주는 하나씩의 미디어가 되어야 하지 않을까요.

이 책이 아직도 제 마음속 깊이 남아 있는 이유는, 저의 역할도 그런 메신저의 역할이라는 생각을 많이 하기 때문입니다. 물론 저도 크리에이터가 되고 싶습니다. 그런데 글을 쓰다 보면 창조와 전달의 '교집합'이 있다는 생각이 듭니다. 즉 메신저의 역할과 크리에이터의 역할이 다르지 않다는 생각을 합니다. 제 마음을 사로잡은 책들의 감동을 여러분들에게 제대로 전달하려면 저만의 창조적인 해석이 필요하지요. 그냥 읽기에 그치는 것이 아니라 열 번 스무 번 읽어서 완전히 내 것으로 만든 후에 '정여울스럽게' 개성화된 내용을 말씀드려야만 비로소 제 마음이 놓입니다. 고전을 단순히 답습하는 것이 아니라 고전의 좋은 내용을 오늘의 것으로, 나의 것으로 만들어서 많은 사람과 함께 나눠야 한다는 생각을 자주 합니다. 제가 알고 있다고 생각했던 것도 강의를 하거나 방송을 해보면 다르게 보일 때가 있습니다. 심지어 제가 쓴 글조차도 저의 목소리로 다시 읽다보면 새롭게 가필하고 싶고, 윤문하고 싶고, 전혀 다르게 쓰고 싶은 열망이 들기도 합니다. 독서에서 해석으로, 해석에서 창조로 가는 과정, 그 속에서 기쁨을 느끼는 과정을 저는 사랑합니다.

여러분도 끊임없이 새로운 메신저이자 크리에이터가 돼서 작은 북클럽을 만드셨으면 좋겠습니다. 북클럽은 두 명도 좋고 세 명도 좋지요. 중요한 것은 빠지지 않고 계속하는 것입니다. 또 북클럽을 하면서 소리 내어 책을 읽는 것도 중요합니다. 묵독으로 읽은 문장도 소리 내어 낭독하면 또 다른 느낌이 듭니다. 예를 들어서 "나는 오직 내 안에서 저절로 우러나오는 모습 그대로 살고 싶었을 뿐이다. 그것이 왜 그토록 어려웠을까?"

이 문장을 한 번 두 번 세 번 천천히 읽어보세요. 조금씩 다르게 들릴 거예요. 그게 낭독의 힘입니다. 더 깊게 소리를 되새기며 더 여러 번 반복해 읽을수록, 그때마다 다른 목소리와 빛깔로 새로운 말을 걸어오는 것이 고전의 힘입니다.

《데미안》을 읽으면서 저는 로버트 존슨의 《내면의 황금》이라는 책이 떠올랐어요. '내면의 황금'이란 한 사람이 자기 안에 지닌 소중한 잠재력, 고민, 재능, 열정, 그 모든 것을 가리킵니다. 고정된 실체가 아니라 '우리가 마음속에 지닌 소중한 것들'이 내면의 황금이라고 보면 됩니다. 이루지 못한 꿈, 미처 표현하지 못한 감정, 언젠가는 꼭 도전해 보고 싶은 모든 계획, 말하지 못한 고민, 이 모든 것이 내면의 황금을 이루고 있습니다. 그런데 내면의 황금은 혼자서 감당하기에는 무척 버거워서 반드시 그것을 함께 나눌 사람이 필요합니다. 멘토이자 스승이자 구루가 필요한 것이지요. 저는 '내면의 황금'을 전달하는 것이 멘토의 역할이라고 생각합니다.

저도 타인이 지닌 내면의 황금을 맡아준 적이 있었습니다. 제게는 뛰어난 재능을 지닌 후배 B가 있습니다. 하지만 B는 자신의 재능을 제대로 표현하지 못하고 있었지요. 더군다나 B는 자신의 능력을 전혀 키워주지 않는 회사에 다니고 있었습니다. 그곳에 있으면 B의 재능이 오히려 녹슬 것 같았습니다. 저는 B에게 '너에게는 눈부신 재능이 있다'고 일깨워 주면서, 세상이 아직 네 꿈을 몰라주더라도 결코 꿈을 포기하지 않았으면 좋겠다고 계속 응원을 해주었습니다. 그 친구 귀에 못이 박히도록, '너는 뛰어난 재능을 가진 존재'라고 볼 때마다 칭찬을 해주었지요. B의 재능이 녹슬지 않도록 계속 책도 사주고 밥도 사주며 틈만 나면 응원해 주었습니다. B는 처음에는 '난 그런 재능이 없다'고 부정하다가, 결국엔 자신도 그 꿈을 향해 나아가고 싶다는 진심을 고백했지요. B는 오랫동안 마음고생을 하다가 자신의 잠재력을 펼칠 수 있는 일자리를 찾아서 이직했습니다. 비로소 B가 자신만의 '아프락사스의 날개'를 펼치기 시작했다는 의미가 아닐까 싶습니다.

내면의 황금은 내가 지닌 가장 소중한 잠재력이기도 합니다. 내가 제일 사랑하는 것들 속에 나의 내면의 황금이 숨겨져 있을 때가 있지요. 나의 일기 속에 내면의 황금이 깃들어 있을 수도 있고, 내가 사랑하는 사람의 눈빛 속에 나의 내면의 황금이 빛나고 있을 수도 있습니다. 제가 자주 말씀드리는 용어로 설명하면 블리스(내면의 희열)와 비슷하기도 합니다. 블리스를 통해서 우리는 내면의 황금을 찾을 수 있습니다. 사람에게서만 블리스를 찾을 수 있는 것이 아닙니다. 이를테면 식물을 키우면서도 내면의 황금, 블리스를 느낄 수 있습니다. 저는 식물을 잘 못 키웁니다. 몇 번을 죽였는지 모릅니다. 언젠가 지인으로부터 수국을 선물 받았지요. 그리고 얼마 후에 라틴 아메리카로 취재를 떠났습니다. 한 2주 정도 떠돌며 수국을 작업실에 방치하고 온 죄책감에 시달렸습니다.

　수국은 물을 많이 줘야 한다는데, 벌써 죽은 건 아니겠지. 연보랏빛 수국이 머릿속에서 사라지지 않았습니다. 귀국해서 보니 아니나 다를까 수국은 말라비틀어져 있었습니다. 버릴까 말까 고민하다가 그냥 매일매일 물을 주었습니다. 살아나 달라고, 살아나 달라고 빌면서. 겨울이 지나고 봄이 올 무렵, 말라비틀어져 있었던 수국에 새순이 돋기 시작했지요. 그때의 그 환희를 어떻게 표현할지 모르겠습니다. 얼마 전까지는 죽은 아이 같았는데, 다시 살아남은 수국을 보니, 제 자신의 잃어버린 꿈을 되찾는 기분이 들었습니다. 이런 것이 내면의 황금을 키우는 기쁨이구나. 내 안에 말라버린 수국, 죽어버린 수국 같은 꿈이 있었던 것이지요. 나의 잠재력을 믿지 못하는 마음, 내가 과연 나의 꿈을 이룰 수 있을까 하는 의심, 그 의심을 뚫고 마침내 수국이 되살아난 것이지요. 저에게 내면의 황금은 나의 잠재력과 창조성이 언젠가는 꽃필 것이라는 믿음이었던 것입니다. 아울러 제가 '자꾸 꽃을 죽이기만 하는 사람'이 아니라 '꽃을 살려낼 수도 있는 사람'이라는 것을 깨달았던 그 경험이 저를 한 뼘 성장하게 해주었습니다.

저에게 '죽어버린 줄 알았던 아름다운 수국'이 다시 환생하는 기쁨을 알려준 작품이 《데미안》입니다. 사실 저는 《수레바퀴 아래서》의 한스가 죽었다는 사실을 받아들이기가 힘들었습니다. 하지만 그 '문학적 부활'의 캐릭터가 싱클레어가 아닐까 싶습니다. 《수레바퀴 아래서》에서 죽었던 한스가 《데미안》의 싱클레어를 통해서 새로 부활한 느낌입니다. 《수레바퀴 아래서》에서 한스는 안타까운 결말을 맞지요. 그는 자신의 진정한 멘토를 찾지 못하고 아무에게도 위로받지 못한 채 쓸쓸하게 세상을 떠납니다. 한스에게도 멘토의 가능성을 지닌 존재가 나타나기도 했습니다. 하일러라는 멋진 아이가 있었는데, 그 아이는 '멋진 분위기'만 잔뜩 풍기다가 사라집니다. 하일러는 데미안처럼 타인이 남긴 내면의 황금을 보살필 수 있는 책임감이 없었던 것이지요. 하일러 스스로도 그저 방황하는 여린 청년이었기 때문입니다. 하일러가 한스에게 편지 한 통이라도 보내줬다면 한스는 그렇게까지 고통스럽고 외롭게 살지 않았을 것입니다. 세상에 태어나서 처음으로 진정한 친구가 생긴 줄 알았는데 그 친구가 나를 완전히 버렸다고 생각한 것입니다.

한스는 첫사랑에도 실패합니다. 한스는 학교, 우정, 첫사랑, 그 모든 소중한 것들이 자신에게 등을 돌리는 것 같은 슬픔을 맛봅니다. 한스는 자신의 내면의 황금을 맡길 수 있는 사람이 이 세상에 아무도 없다고 생각하지 않았을까요. 한스와 하일러 사이에서는 우정과 구원의 희미한 가능성만이 존재했다면, 이제 싱클레어와 데미안 사이에서는 명실상부한 우정과 구원이 가능해진 것이지요. 데미안은 이 세상 모든 사람의 내면의 황금을 맡아줄 수 있을 것 같은 크고 너른 품을 가진 사람입니다. 나만 개성화하는 것에 그치는 것이 아니라 타인의 개성화까지 도와줄 수 있는 위대한 현자의 모습으로, 데미안은 우리 앞에 눈부시게 서 있습니다.

합일

## 투사의 고통, 짝사랑은
## 내 삶의 눈부신 나침반

마지막 한 걸음은 반드시 혼자서 걸어가야만 한다는 말이 있지요. 우리가 서로의 치유와 성장을 위해 아무리 최선을 다해도 결국 마지막 한 걸음만은 혼자서 걸어가야 할 때가 있습니다. 싱클레어는 점점 그 성장의 진실에 깊이 다가갑니다. 우리는 싱클레어가 데미안과의 만남과 여러 가지 인생의 고난과 역경을 통해서 성장해 가는 과정을 봤습니다. 그러다 보니 이런 의문이 생길 수 있습니다. 만약 싱클레어가 항상 데미안의 곁에 찰싹 붙어서 그의 곁을 떠나지 않았더라면, 싱클레어는 더 빨리 치유되고 성장할 수 있지 않았을까요. 그런데 우리는 데미안의 입장에서도 생각해 볼 필요가 있습니다. 데미안에게도 자신의 인생이 있으니까요. 싱클레어를 깨우치기 위해 데미안이 자신의 힘을 다 쏟을 수는 없지요. 데미안은 대학에도 가고 여행을 떠나기도 하고 홀로 세상을 탐구하는 시간을 갖게 됩니다. 하지만 나중에 알고 보면 데미안은 언제나 싱클레어를 생각하고 있었습니다. 게다가 싱클레어는 연약하기만 한 존재가 아닙니다. 혼자서도 능히 인생의 기쁨과 슬픔을 깨달을 수 있는 사람이지요. 그리고 아무리 훌륭한 스승이 있어도 제자가 홀로 공부해야만 실력이 늘어나는 것처럼 인생 또한 '홀로 탐구할 시간'이 필요합니다. 싱클레어에게 홀로 탐구하는 시간은 '그림을 그리는 시간'입니다.

싱클레어는 가슴속 깊은 그리움과 슬픔을 그림으로 표현하기 시작합니다. 베아트리체를 향한 그리움에서 시작되는 그림이지요. 베아트리체를 향한 싱클레어의 마음은 사랑스럽기도 하고 참으로 안타깝기도 합니다. 사랑하긴 하는데 단 한 번도 말을 붙여본 적이 없기 때문입니다. 게다가 이름도 몰라서 그저 베아트리체라고 붙여주었지요. 어쩌면 베아트리체를 사랑하는 싱클레어의 마음은 먼 훗날 에바 부인을 사랑하기 위한 전주곡 같은 느낌이 듭니다. 싱클레어의 에바 부인을 향한 사랑은 구체적이지만, 베아트리체를 향한 사랑은 추상적이기 때문입니다. 아직 자신이 에바 부인을 사랑하게 될 것이라는 사실을 모르는 싱클레어는, 베아트리체를 좋아하면서도 말을 걸 용기를 내지 못합니다. 물론 베아트리체를 향한 사랑이 에바 부인을 향한 사랑의 대체제는 아닙니다. 분명히 싱클레어의 성장에 큰 도움을 줍니다.

싱클레어는 한때 동급생들과 밤마다 술을 마시면서 허랑방탕하게 보냅니다. 데미안과의 연락이 끊기면서 인생의 의미를 잃어버린 것이지요. 도대체 어떻게 살아야 할지, 신학도로 살아가는 것이 과연 맞는 것인지, 인생의 모든 의미를 잃게 됩니다. 싱클레어는 나침반 같은 존재였던 데미안과 연락이 끊기면서 오랫동안 방황합니다. 이런 싱클레어에게 베아트리체를 향한 짝사랑은 또렷한 나침반이 되어주는 것입니다. 싱클레어는 베아트리체를 위해, 더 좋은 사람이 되기로 결심한 것이지요. 베아트리체를 사랑하게 되면서 싱클레어는 술을 끊습니다. 동료들과 허랑방탕하게 노는 삶을 끝내버리지요. 혼자서 맹렬하게 공부하기 시작합니다. 삶에 '뚜렷한 목적'이 생긴 것이지요. 그 사람에게 어울리는 좋은 사람이 되기 위해서, 마음을 흐리게 하는 것들을 과감하게 끊어낸 것입니다. 그리고 마치 무의식의 이끌림에 화답하듯이, 자연스럽게 그림을 그리기 시작합니다.

나는 마치 꿈을 꾸는 듯한 붓놀림으로 그림을 그리기 시작했다. 처음에는 구체적인 대상이 없다가 마치 저절로 그림이 그려지는 듯이 선을 긋고 면을 채우는 데 익숙해졌다. 마침내 어느 날 거의 무의식적으로 사람의 얼굴 하나를 완성했는데, 전에 그린 그림들보다 훨씬 강렬하게 나에게 말을 걸어오는 것만 같았다. 그 소녀의 얼굴은 아니었다. 이미 그녀의 얼굴을 그리지 않은 지 오래된 것이다. 무언가 다른 모습, 무언가 이 세상 사람 같지 않은 모습이었다. 그러나 너무도 소중하게 느껴지는 얼굴이었다. 소녀의 얼굴이라기보다는 오히려 청년의 얼굴처럼 느껴졌다. 머리카락은 나의 아름다운 소녀처럼 환한 금발이 아니라 붉은 기운이 도는 갈색이었고, 턱은 강인하면서도 단단해 보였으며, 입술은 꽃처럼 붉게 피어났다. 전체적으로 뭔가 뻣뻣하고 가면 같은 모습이었지만, 그럼에도 매우 인상적이고 신비스러운 생명력이 가득 느껴졌다.

여러분, 이 사람이 누구일까요. 싱클레어가 자신도 모르게 자연스럽게 그렸던 그림은 알고 보니 데미안이었던 것입니다. 싱클레어는 자신의 무의식 깊은 곳에서 베아트리체보다도 데미안을 더욱 그리워하고 있음을 깨닫게 됩니다. 그림은 무의식의 갈망을 표현하는 뚜렷한 매체였던 것입니다. 그렇다면 싱클레어가 기숙학교에서 질풍노도의 시기를 겪고, 혼자 공부에 매진하고, 데미안 없이 생활하는 동안에는 첫사랑에 빠지고, 그러다가 어느 날 갑자기 자신도 모르게 무의식적으로 데미안을 그렸다는 것은 어떤 의미일까요. 싱클레어에게 시급한 갈망은 첫사랑보다도 '데미안'이라는 스승이자 친구이자 멘토를 만나는 것 아닐까요.

싱클레어는 베아트리체를 향한 사랑을 통해 인생의 세 가지 진실을 깨닫게 됩니다. 첫째, 자신은 신학교의 다른 학생들처럼 방탕하게 살지 않으리라는 것. 둘째, 술을 마시고 방탕하게 살았던 것은 자신의 진심이 아니었다는 것. 셋째, 자신이 베아트리체보다 더욱 그리워한 사람은 데미안이라는 것. 데미안을 통해 자기 안의 또 다른 자기, 더 깊고 풍요로운 자기 자신을 찾고 싶었던 싱클레어의 간절한 목마름은 이제 더 이상 멈출 수 없는 가장 절실한 갈망이 됩니다.

데미안을 그리는 그 순간 싱클레어는 그동안 정말로 그리워하고 소중하게 여기는 존재와 다시 만나게 됩니다. 데미안은 그렇게 다시 싱클레어에게 돌아옵니다. 데미안과 만날 수 없는 세상에 살아보니 데미안이 자신에게 얼마나 중요한 의미가 있는 존재였는지를 깨닫는 것이지요. 그래서 몽환적인 느낌으로 그린 그림이 데미안이었던 것입니다. 싱클레어는 그 그림 속에서 자신이 진정으로 그리워하고 필요한 대상을 발견하게 됩니다. 완성된 그림 앞에서 싱클레어는 생각에 잠깁니다. 일종의 신성한 감정을 느낍니다. 싱클레어는 신학을 공부하고 질풍노도의 시기를 겪으면서 베아트리체를 사랑하게 되는데요. 그녀를 사랑하면서 오랜 방황을 접고 더 나은 사람으로 변모합니다. 싱클레어는 예전보다 자발적이고 적극적인 사람으로 거듭납니다. 이런 싱클레어의 변화는 베아트리체를 사랑하는 마음에서 비롯된 것입니다.

그런데 이 사랑의 실체는 진짜 깊은 사랑이라기보다는 '투사projection'입니다. 싱클레어는 베아트리체의 실체를 전혀 모릅니다. 오직 자신의 '이상형'을 베아트리체에게 투사할 뿐입니다. 그것을 사랑이라고 착각하는 것일지도 모릅니다. 왜냐하면 싱클레어는 베아트리체와 말 한마디 나눠본 적이 없고, 그녀의 삶이나 주변 상황은 물론 이름조차도 모르니까요. 알고 보니 싱클레어가 진짜 사랑한 대상은 베아트리체 자체가 아니라 베아트리체의 모습에 투사한 싱클레어 자신의 이상형이었던 것이지요. 그녀가 어떤 사람인지는 모르지만 '그녀에게 내가 상상하는 그 멋진 면이 분명 있을 거야'라고 확신하는 것이 투사의 전형적인 모습입니다. 내가 좋아하는 온갖 장점들이 그 사람에게 있을 거라고 내 멋대로 상상하고는 그 이미지를 그 사람에게 덧씌우는 것이 투사의 본질이지요.

투사는 사랑이 시작될 때 가장 많이 일어나는 감정 변화입니다. '그 사람 나의 이상형이야'라고 말할 때가 있습니다. 그런데 그 이상형을 실제로 발견했을 때의 느낌이 투사된 감정입니다. 내가 좋아하는 사람을 머릿속에 먼저 그려놓고, 그 머릿속의 감정을 실제 인간에게 덮어씌우는 것이 투사입니다. 투사는 연인 관계에서도 나타나지만 부모와 자식 관계에서도 나타납니다. 내가 피아니스트가 되고 싶었다면 나의 아이에게 그 소망을 투사하는 것, 그래서 그 아이에게 너무 많은 것을 기대하게 되는 것처럼, 연인에게도 그런 감정을 느낄 수 있습니다. 당신이라도 성공해, 나는 못 했으니까. 이렇게 되는 것입니다. '콩깍지가 벗겨졌다'라고 말할 때, 그때가 투사의 환상이 깨어지는 순간입니다. 그 사람의 실체를 알게 되는 순간이죠. 콩깍지가 벗겨지는 과정, 즉 투사가 깨져버리는 과정이 사랑의 과정에서 매우 중요합니다.

투사를 하고 있다는 것을 깨닫는 것이 중요합니다. 왜냐하면 투사를 하지 않는 것은 거의 불가능하기 때문이에요. 우리는 살아 있는 한, 어떤 감정을 누군가에게 늘 투사하게 됩니다. 투사를 멈춘다면, 삶도 멈추는 것이 아닐까요. 우리는 타인의 감정을 알 수 없기 때문에 늘 '미루어 짐작'하게 됩니다. 그렇게 미루어 짐작하는 과정에서 상상과 투사가 일어나는 것이지요. 그 어떤 투사도 하지 않고 오직 순수하게 객관적으로만 판단할 수 있다면, 인간이 아니라 인공지능 로봇일지도 모릅니다. 하지만 투사에는 위험이 따릅니다. 내가 상대를 생각하는 만큼, 상대도 나를 생각했으면 좋겠다는 마음, 기대가 발생합니다. 그 기대가 무너졌을 때 무척 마음이 아프지요. 그래서 '투사의 고통'을 위한 예방주사가 필요한데, 그것은 '사랑 자체를 사랑하는 마음'이 아닐까 싶습니다. 사랑할 테니까, 사랑만으로도 충분해. 이 마음이 필요합니다. 내가 널 이만큼 사랑하니까 너도 내 사랑을 갚아야 한다는 생각을 버리는 마음연습이 필요합니다.

투사를 계속 하다보면 그 사람에게 너무 많은 것을 바라게 됩니다. 내가 너를 얼마나 사랑했는데 너는 나에게 이것밖에 못 해주니, 라는 식으로 끝나버릴 수가 있습니다. 진짜 깊은 사랑이라면 그렇게 쉽게 끝나지 않습니다. 나의 이상형과 맞지 않을지라도, 사랑이 멈추지 않아야 합니다. 설령 그 사람에게 실망했을지라도 그 사람이 싫어지는 것이 아니라 그저 나의 환상이 깨진 것임을 인정할 줄 아는 것입니다. 그것이 보다 성숙한 사랑이지요. 내가 생각했던 이상형과 다르다고 해서 사랑을 멈춰버리는 것이 투사의 결말이 아니라, 투사임을 깨닫고 나서도, 그 사람의 실수투성이인 모습도 사랑할 수 있게 되는 것이 더 성숙한 모습의 사랑이라고 할 수 있습니다.

베아트리체를 통해서 싱클레어가 느끼는 감정도 투사를 통한 긍정적인 변화입니다. 자신이 꿈꾸던 모든 이상형이 베아트리체에게 깃들어 있다고 착각하면서 혼자 행복해합니다. 그런데 짝사랑하는 마음만으로도, 말 한 번 붙여보지 못한 그 설렘만으로도 싱클레어는 더 나은 사람이 됩니다. 이 사랑을 통해서 싱클레어는 성장합니다. 싱클레어는 밤마다 술집에 가고, 친구들과 싸우고, 고성방가하던 전형적인 질풍노도의 시기를 멈추고, 마침내 진정한 자신으로 돌아옵니다. 에고의 과시욕을 멈추는 것이지요. '우린 젊어, 뭐든지 할 수 있어'라는 식의 허세와 객기가 사라지게 되는 것입니다. 에고의 과잉되고 부풀려진 이미지를 벗어나서 셀프의 깨달음, 진정한 자기와의 만남으로 돌아옵니다.

매일 묵상하고 책 읽고 글을 쓰고 그림을 그리면서 내가 원하는 것이 진정으로 무엇인가를 생각하는 싱클레어의 모습을 보고 친구들도 놀랍니다. 특히 크나우어라는 친구가 싱클레어를 굉장히 부러워합니다. 크나우어는 싱클레어에게 욕망을 절제하는 비결이 도대체 무엇이냐고 묻습니다. 너는 어떤 공부를 하고 있어서 그렇게 모든 충동, 심지어 성적인 충동까지 다 잘 제어해 내고 그토록 멋진 삶을 살 수 있는 거냐고 물어봅니다. 크나우어는 성적 충동을 제어하기가 무척 힘들었던 것이지요. 그런데 학교에서는 욕망을 절제하라, 금욕하라고만 가르치니까, 아무에게도 자신의 힘든 마음을 고백할 수 없었던 것입니다. 싱클레어도 그런 충동을 느꼈지만, 베아트리체를 향한 사랑을 통해 더 커다란 이상을 품게 되었습니다. 그 사람을 위해 더 나은 사람이 되고 싶으니까요. 싱클레어는 베아트리체를 향한 사랑이 자신을 변화시켰다는 것을 인지하지 못합니다. 그냥 자연스럽게 그렇게 되었으니까요. 자신도 모르게 싱클레어는 한꺼번에 성숙해집니다. 이것이 진정한 사랑의 힘입니다. 사랑하는 사람과 꼭 사귀지 않아도 좋아요. 그 사람을 사랑하는 감정만으로, 설령 상상의 사랑일지라도, 그 사랑은 분명 나를 더 나은 사람으로, 더 높은 또 하나의 나 자신으로 이끌어 주는 것입니다.

# 내 안의 간절한 무의식과
# 소통하고 싶다면

싱클레어의 멋진 변신. 그 첫 번째 비결이 사랑이라면, 두 번째는 '그림 그리기'입니다. 싱클레어는 그림을 그림으로써 자신의 '셀프'를 대면합니다. 싱클레어는 데미안을 그리워하지만 만날 수 없었지요. 그런데 그림을 그림으로써 데미안을 향한 간절한 그리움을 깨닫게 됩니다. 이 두 사람이 가장 가까워지는 시기입니다. 우리가 만나지 않아도 만나고 있다는 느낌, 이 것이 무의식의 소통일지도 모릅니다. 두 사람 사이에는 어떤 강렬한 연결고리가 있었잖아요. 두 사람은 아프락사스라는 상징을 통해 연결되어 있었습니다. 아직은 그것이 '아프락사스'라는 것을 싱클레어는 모르고 있는 상태지요. 데미안은 '너희 집 대문에 있는 새 모양의 문장emblem이 매우 중요한 상징이다'라는 암시를 주었지요. 데미안은 그 새의 모습을 그림으로 그려요. 어쩌면 싱클레어가 본능적으로 그림을 그리기 시작한 이유도 데미안이 그림을 그리는 모습이 마음 깊은 곳에 각인되어 있기 때문이었는지도 모릅니다. 카인과 아벨에 관한 대화, 그리고 싱클레어의 집 대문에 새겨져 있던 새의 모습을 데미안이 그리고 있던 모습에 대한 강렬한 기억, 이런 것들이 '사유의 씨앗'으로서 싱클레어의 마음의 토양에서 자라나고 있었던 것입니다. 그리고 그 사유의 씨앗이 점점 자라나 마침내 이런 그림이 완성된 것이지요.

내가 그린 그림은 마치 신을 그린 그림 같기도 하고 성인聖人의 가면처럼 보이기도 했다. 절반은 남자고, 절반은 여자처럼 보이기도 했다. 나이를 짐작할 수 없고, 강인한 의지가 느껴지면서 동시에 몽환적이기도 했고, 어딘가 경직되어 보이기도 하면서도 비밀스러운 생명력이 넘쳐흘렀다. 그 얼굴은 나를 향해 뭔가 하고 싶은 말이 있어보였다. 그는 나의 일부처럼 느껴졌다. 나에게 무언가를 요구하고 있었다. 누군지는 알 수 없었지만 누군가와 정말 닮았다.

싱클레어는 이 그림을 서랍 속에 몰래 숨겨두고 생각날 때마다 꺼내보기 시작합니다. 자기가 그린 그 사람이 누군지 알아내고 싶고, 이 사람과 대화를 나누고 싶었던 것입니다. 서랍에 넣어둔 이유는 아무도 싱클레어의 상상을 비웃지 못하게 하기 위해서였어요. 꿈속에서도 이 그림과 이야기를 나누지요. 꿈속의 이미지가 현실에서도 영향을 미치기 시작한 것입니다. 이것이 '무의식의 의식화'입니다. 무의식에서 꿈틀거리는 몽환적인 이미지를 현실에서도 사유하고, 소통하고, 활용하기 시작한 것이지요. 진정한 무의식과의 소통이 다시 시작된 것입니다. 꿈을 더 많이 기억할수록, 그래서 그것을 자신에게 의미 있는 상징으로 해석할수록, 무의식과의 소통을 더 강렬하게 시작할 수 있는 것입니다. 싱클레어는 자기가 그려놓고도 그 사람이 누군지 한참 동안 몰랐습니다. 그런데 그 그림을 골똘히 바라보다 보니 비로소 누구인지가 보입니다. 자신도 모르게 싱클레어는 데미안을 그렸던 것이죠. 너무도 강렬하게 그리워하고 갈망한 나머지, 자신도 모르게 데미안을 그린 것이었습니다.

어떻게 그토록 오랫동안 그 얼굴의 주인을 알아채지 못할 수가 있었을까! 내가 그린 그림은 데미안의 얼굴이었다.

이 순간이야말로 강렬한 개성화가 시작되는 순간입니다. 개성화의 가장 중요한 본질은 '무의식의 의식화'입니다. 싱클레어가 무의식에서 간절히 원하던 갈망, 그것은 데미안과 다시 연결되는 삶이었던 것입니다. 현실에서는 두 사람 사이에 장벽이 있어요. 데미안이 지금 어디 있는지 모르거든요. 데미안은 싱클레어의 고향을 떠난 것으로 알려지고, 싱클레어는 데미안의 정확한 주소를 모릅니다. 그래서 '데미안을 다시는 못 만날지도 모른다'는 두려움이 있었을 거예요. 하지만 싱클레어의 무의식은 언젠가는 데미안을 만나야만 한다고, 만날 수 있다고 메시지를 보내고 싶었는지도 모릅니다. 무의식에서는 데미안과 만나야 한다는 어떤 강렬한 외침이 있었던 거죠. 아무런 의도 없이 그린 그림이 사실은 데미안을 그린 그림이었다는 것을 깨닫고 싱클레어는 소스라치게 놀랍니다. 자기 안에 숨겨진 진짜 마음을 본 것이지요.

아침에 잠이 덜 깼을 때 그림을 그려보는 것도 '무의식과 의식을 연결시키는' 방법입니다. 몽상과 깨어남 사이에 어떤 중간 단계쯤, 그때가 무의식과 의식의 사이가 아주 가까울 때거든요. 그때 눈을 감고서 그림을 그려보세요. 눈을 감고 아무 그림이나, 그냥 손 가는 대로 그려보는 것이지요. 싱클레어는 그림을 그리며 자신의 숨겨진 무의식, 데미안을 향한 깊은 그리움과 만나게 됩니다. 그러고 보니 이 장면은 작가 헤르만 헤세의 삶과 닮았습니다. 헤세는 마흔이 넘어서 그림을 그리기 시작했는데, 그 '그림 그리기'가 헤세의 인생을 바꿉니다. 헤세는 그림을 그림으로써 우울증을 떨쳐냈고, 또 하나의 무의식 속 간절한 소원이었던 화가의 꿈도 비로소 이룹니다. 간절한 소원을 끊임없이 이루는 사람이야말로 개성화에 성공하는 존재입니다. 그런 면에서 보면 헤세는 찬란한 개성화의 귀재가 아니었을까 싶어요. 작가의 꿈, 화가의 꿈, 게다가 늘 꽃과 나무를 정성스레 가꾸는 정원사의 꿈까지 이루게 되었으니까요.

싱클레어는 자신도 모르게 데미안을 그림으로써 무의식의 진정한 외침과 만나게 됩니다. 아, 나는 데미안을 진정으로 갈망하고 있구나. 그는 데미안과의 만남을, 소통을, 진정한 대화를 꿈꾸고 있다는 것을 깨닫게 됩니다. 단지 이야기를 나누고 싶은 열망이 아니라 영혼의 소통을, 마음과 마음의 교감을 강렬하게 원합니다. 데미안에 대한 그리움이 그림을 통해서 촉발된 것이지요. 그 사람을 그리워하는지 몰랐는데, 어떤 사물을 발견한다든가, 노래를 듣다가 갑자기 그 사람이 떠오를 때가 있습니다. 알고보면 무의식 어딘가에서 아주 오랫동안 그 사람을 보고 싶어 했다는 것을 깨달을 때도 있습니다. 의식적으로는 잊고 싶어 하고, 생각하면 괴로우니까 떠올리지 않으려고 하

다가, 연관된 사물을 발견하거나 음악을 들으면 그 억압된 감정
이 폭발하는 것이지요. 그림은 데미안을 향한 그리움이 폭발하
는 매개체였던 것입니다.

# 때로는 방탕한
# 삶도 필요해

막스 데미안을 향한 나의 그리움이 다시 강렬해졌다. 그의 소식을 전혀 모르고 있었다. 몇 년째 아무 소식도 듣지 못했다. 사실 딱 한 번 방학 때 그를 우연히 만났다. 그 짧은 만남을 이 기록에서 일부러 빠뜨린 것을 지금에서야 깨달았다. 그것은 내 부끄러움과 허영심 때문이라는 것도 이제야 알겠다. 지금이라도 그 이야기를 시작해야겠다.

헤르만 헤세는 《데미안》을 집필하면서 여러 가지 심리적 장치를 이용하고 있는데, 여기서 일부러 말하지 않고 있었던 것이 데미안과의 만남입니다. 사실은 싱클레어와 데미안이 짧

게나마 만난 적이 있었는데, 일부러 그 묘사를 빠뜨립니다. 마치 플래시백처럼 나중에 그 기억을 다시 만회해야겠다면서 고백하는 것이죠. 왜 그랬을까요. 싱클레어는 글쓰기 속에서조차 자신을 속이고 있습니다. 데미안을 만났지만 안 만난 척한 것이지요. 왜냐하면 그 만남이 너무 수치스러웠기 때문에, 데미안을 만났으면서도 만나지 않은 척 독자들을 잠깐 속인 것입니다. 하지만 베아트리체를 향한 사랑으로 마음이 넓어지고 여유가 생기니까, 용기를 내어 고백할 마음이 생깁니다. 사실은 데미안을 만났노라고. 싱클레어는 데미안에게 멋진 모습을 보여주고 싶었는데, 고향에 갔다가 여느 때처럼 술 마시고 돌아다니는 방탕한 모습을 딱 들켜버린 것이지요. 그는 자신의 부끄러움과 허영심을 인정하고, 고백할 용기가 생긴 거예요. 데미안을 만났지만 그때 보여준 자신의 모습이 부끄러웠고, 데미안에게 멋지게 보이고 싶은 마음은 자신의 허영심이었다는 것을 깨달은 것입니다. 그것이 셀프입니다. 에고는 무조건 남에게 멋지게 보이고 싶어 하지만, 셀프는 초라한 나조차도, 부끄러운 나조차도 따스하게 안아줄 수 있습니다.

데미안은 아주 오랜만에 우연히 만난 싱클레어를 봅니다. 데미안이 반가워하며 주의 깊게 싱클레어의 얼굴을 들여다보는 모습이 나옵니다. 싱클레어가 데미안에게 '센 척'을 해요. 마치 자신이 대단한 존재라도 되는 듯 떠벌리지요. 싱클레어는 술 한 병을 호기롭게 시키고 잔을 부딪치면서 대학생들의 음주 관습에 익숙하다는 듯이(아직 싱클레어는 십 대였어요), 그렇게 첫 잔을 단숨에 비우며 강한 척을 하지요. 싱클레어는 데미안에게 '난 예전에 네 도움을 받던 그런 어린 애가 아니야'라는 것을 보여주고 싶었던 거예요. '난 술도 마실 줄 알아, 크로머에게 당하던 그 조그만 소년이 아니야'라고 온몸으로 웅변하고 싶었던 거죠. 그런데 데미안이 약간은 걱정되는 투로, 술집에 자주 가는 거냐고 물어봐요. 싱클레어는 약간 눈치를 보면서, 술집에 가는 것이 가장 신나는 일이라고 말합니다. 그러자 데미안이 이렇게 이야기하지요.

"정말 그렇게 생각하니? 그럴 수도 있겠지. 술 마시는 일에도 뭔가 멋진 면이 있기는 해. 도취, 바쿠스적인 것 말이지! 하지만 술집에 드나드는 사람 대부분에게서 그런 멋진 면은 사라진 것 같아. 술집에 드나드는 일이야말로 정말 속물적인 습관인 것 같다고. 그래, 하룻밤 정도는 활활 타오르는 횃불을 들고 멋지게 취해서 황홀경에 빠져도 좋겠지! 하지만 그렇게 매일 반복해서 한 잔 또 한 잔 마셔댄다면, 그건 아마 진실한 도취가 아니겠지? 이를테면 너는 밤마다 단골 술집

에 앉아 술을 마셔대는 파우스트의 모습을 상상할 수 있겠
니?"

데미안은 싱클레어를 걱정합니다. 너는 어떤 바쿠스적인
것, 디오니소스적인 것, 이런 멋진 도취를 꿈꾸고 있겠지만, 실
제로 네가 하는 것은 그저 습관적이고 속물적인 음주일 뿐이
라는 것이지요. 파우스트 박사 같은 뛰어난 지성인이 매일 저
녁 술집에 앉아 있는 것이 어울릴까요. 파우스트처럼 고뇌에
빠진 지식인이 그렇게 매일 단골 술집 식탁에서 앉아서 시간
을 죽이고 있겠냐는 말이기도 합니다. 싱클레어는 데미안의 걱
정이 쓴소리로 들렸겠지요. 아무리 생각해도 맞는 말이라서
더욱 화가 나는 것이지요. 그래서 싱클레어가 적의에 찬 표정
으로 데미안을 바라봅니다. 데미안은 놀라지도 않고 차분한
태도로 이렇게 이야기해요.

"아마도 주정뱅이나 방탕아의 인생은 완벽한 시민의 인생보
다는 활기차겠지. 그런데 내가 어디선가 읽은 건데, 방탕한
자의 인생은 신비주의자가 되기 위한 최고의 준비 과정이라
고 하더군. 언젠가 예언자가 되는 성 아우구스티누스 같은
사람들도 늘 있었잖아. 성 아우구스티누스도 알고보면 한

때는 쾌락주의자에 방탕한 젊은이였지."

데미안은 싱클레어에게 차분한 어조로 조언해 줍니다. 그런데도 싱클레어는 기분 나쁘다는 듯, 난 그런 것에는 아무 관심도 없다는 듯, 훈계 따위는 필요 없다는 듯, 이렇게 말합니다.

"그래, 저마다 자기 취향대로 사는 거겠지! 하지만 솔직히 말해서 나는 그런 예언자 따위가 되는 일에는 전혀 관심 없다고!"

데미안은 싱클레어가 언젠가는 훌륭한 사람이 될 거라고 기대하고 있었던 것 같습니다. 방탕하게 사는 삶은 알고보면 신비주의자를 위한 최고의 준비라고. 성 아우구스티누스 같은 예언자도 한때는 방탕하게 산 적이 있다고 이야기해 준 것이지요. 하지만 싱클레어는 그런 조언이 듣기 싫지요. 싱클레어는 일부러 자학하듯 술을 마시고 소중한 젊음을 탕진하면서 진정한 자기 자신을 찾기 위해 정진하는 길을 거부하고 있습니다. 싱클레어에게는 예전에 크로머로부터 자신을 구원해 줬던 데미안으로부터 도망치려던 그 마음, 저항하는 마음이 아직 남아 있어요. 데미안은 그 마음까지 간파한 것 같습니다. 그 순간 데미안이 아주 오랫동안 가슴 속에 품고 있었던 것 같은 중요한 이야기를 전합니다. 네가 도대체 왜 그렇게 술을 마시는지, 네 삶을 결정하는 네 안의 또 다른 너는 알고 있다고 말입니다. 그것은 셀프일 것입니다. 너의 인생을 결정하는, 네 안에 있는 무언가는 네가 지금 무엇을 하고 있는지 이미 알고 있다는 거예요. 인생을 허비하고 있다는 것. 인생을 탕진하고 있다는 것을 셀프는 알고 있지만, 에고를 향해 그 메시지를 확실하게 보내지 않고 있다는 것이지요. 데미안은 우리 마음속에 살고 있는 또 하나의 나에게 길을 물어야 한다고 이야기합니다. 마음 깊은 곳에서는 싱클레어 자신 또한 질풍노도의 시기를 통과하여 고결한 이상을 향해 한발 한발 다가가고 싶지 않을까요.

# 더 높은
# 나와의 만남

"우리 안에는 또 하나의 자아가 살고 있는데, 그는 모든 것을
알고, 모든 것을 원하고, 우리 자신보다 모든 것을 더 잘 해
내는 존재야."

제가 《데미안》에서 가장 좋아하는 문장입니다. 데미안은
술독에 빠져 방황하고 있는 싱클레어에게 이 말을 해주고 싶
었던 것입니다. 우리 안에는 모든 것을 알고, 모든 것을 할 수
있고, 모든 것을 우리 자신보다 훨씬 더 잘 해낼 수 있는 또 하
나의 내가 살고 있다는 것. 이것이 셀프의 존재가 아닐까요. 헤
세와 융이 맞닿아 있는 부분이기도 하죠. 우리 자신에게는 분

명히 눈에 보이는 에고의 존재보다 훨씬 깊고 풍부하고 아름답고 높은 또 하나의 나 자신, 셀프가 살고 있다는 것입니다. 내 안에 눈에 보이는 에고보다 훨씬 크고 깊은 존재가 살고 있다는 것을 깨닫고 인식하는 삶, 매일매일 더 나은 셀프를 발견하려고 노력하는 삶과 그렇지 않은 삶 사이에는 너무나 큰 차이가 존재할 수밖에 없습니다.

이렇게 궁극적인 셀프를 향해 정진하는 마음을 '하이어 셀프the higher self'라고도 말합니다. 사람들이 그냥 나라고 알고 있는 세속적인 자아의 모습, 현실 속에서의 나, 타인이 규정하는 내 모습이 아니라, 나만이 알고 있는 나 자신의 더 큰 잠재력이지요. 신분도 지위도 명함도 스펙도 아닌, 그 모든 사회적 지위와는 전혀 상관없는 더욱 투명한 나와의 만남. 그것이 하이어 셀프입니다. 싱클레어가 데미안을 향한 그리움을 깨닫고 데미안처럼 훌륭한 사람이 되고 싶어 하는 마음, 고흐가 남들에게 팔리는 그림이 아니라 자기 자신이 진정으로 온 인생을 던져 그리고 싶었던 그런 그림, 그런 것이 더 높은 나, 하이어 셀프입니다. 마침내 싱클레어는 자기 안의 가장 솔직한 모습과 만남으로써 더욱 깊은 자기 안의 갈망을 깨닫게 됩니다.

그동안 나는 술에 취해 온갖 더러움 속에서 지내며, 마비와 상실 속에서 살아가지 않았던가. 마침내 새로운 자극을 받아 나의 마음 깊은 곳에서 정반대의 갈망이 깨어나지 않았던가. 정결함을 향한 갈망, 성스러움을 향한 갈망이 싹트지 않았던가.

이 정결함과 성스러움을 향한 갈망! 이것이 매우 중요합니다. 융이 강조했던 누미노즘numinosum과 연결되는 감정이지요. 누미노즘은 신성한 존재를 비로소 인식할 때 느끼는 심오한 감정, 그리고 거룩함, 황홀경, 경외감을 불러일으키는 존재들에 대한 놀라움을 뜻합니다. 하이어 셀프는 곧 누미노즘을 향한 갈망이거든요. 눈에 보이는 세속적인 가치만이 중요한 것이 아니라, 현란하게 우리를 사로잡는 속물적인 이미지들에 가려 보이지 않는 '자기 안의 성스러움'을 되찾아야 한다는 것입니다. 누미노즘은 아름다운 영혼의 방패막이 될 수 있어요. 화려한 사람, 속물적인 욕구, 강력한 권력이 나를 유혹할 때, 누미노즘은 마치 보이지 않는 결계처럼 우리를 지켜줄 수 있습니다. 나는 더욱 성스러운 것을 갈망하기에, 세속적인 것, 화려한 것, 요란한 것은 필요 없어! 이렇게 단호하게 결단을 내릴 수 있게 됩니다. 취기와 더러움, 마비와 상실 vs. 깨어남과 정결함, 움직임과 깨달음. 이렇게 정리해 보면 어떨까요. 술에 취해 골목을 헤매던 질풍노도의 시기는 취기와 더러움, 마비와 상실의 시기였던 것이지요. 베아트리체를 사랑한 뒤, 더 정확히 말하면 베아트리체라는 이상을 꿈꾸며 진정한 자기 자신을 찾은 뒤, 싱클레어는 깨어남과 정결함의 세계, 역동적인 움직임과 싱그러운 깨달음의 세계로 옮아가게 됩니다. 싱클레어는 더 이상 크로머에게 시달리는 연약한 소년이 아니라 자신의 앞길을 개척할 수 있는 진정한 어른으로 변신하게 된 것이지요.

이 깨달음을 얻기 전의 싱클레어는 사실 바닥을 친 거예요. 싱클레어는 일부러 취기와 더러움, 마비와 상실 속으로 자신을 던져버린 거예요. 누가 시킨 것도 아니지만 자기가 자신의 인생을 망치고 있었던 것입니다. 그런데 그 순간 깨닫습니다. 아무 생각도 없이 그림을 그린 것이 결국 데미안이었음을. 잃어버린 나 자신을, 잃어버린 셀프를 찾고 싶은 그 마음을 찾은 것입니다. 싱클레어는 이렇게 집요하게 자신의 기억을 따라가면서 진정한 셀프와 만나게 됩니다.

# 나를 아프게 하는
## 스승들

여러분의 마음속에는 어떤 데미안과 싱클레어가 존재하는지 궁금합니다. 싱클레어와 데미안은 처음에는 좀 부담스러운 친구와 스승 같은 관계에서 점점 더 평등해지는 친구 관계로 변모하지요. 데미안과 싱클레어의 관계를 보면서 저는 한 동양의 철학자가 떠올랐어요. 물론 《데미안》을 동양의 철학자가 읽지는 못했겠지만. 제가 좋아하는 중국의 철학자가 있어요. 이름은 이탁오李卓吾입니다. 이탁오는 이야기합니다. 진정으로 스승이 될 수 없다면 친구도 될 수 없고, 진정으로 친구가 될 수 없다면 스승도 될 수 없다고. 아무리 지식을 잘 가르치는 스승이라고 하더라도, 친구처럼 나의 어려움을 툭 터놓고 이야기할 수 없다면 진정한 스승이 아니라는 것입니다. 그리고 아무리 매일 만나서 수다를 떠는 편한 친구라도, 그에게서 아무것도 배울 것이 없다면 진정한 친구가 아니라는 것이지요. 그것이 사우師友입니다. 그냥 매일 만나서 똑같은 길만 걷고 똑같은 이야기만 하는 친구가 아니라, 서로에게 무언가 강렬한 영감을 줄 수 있는 스승이자 친구가 될 수 있을 때, 그 관계는 진실한 사우가 될 수 있습니다. 부럽게도 데미안과 싱클레어는 그것을 해내요. 싱클레어에게 데미안은 진정한 친구이자 스승이 되어준 것이지요.

그런데 그 스승의 가르침은 결코 달콤하지만은 않아요. 나를 아프게 하는 스승이 진짜 좋은 스승일 때가 있어요. 우리에게 진실한 가르침을 주는 사람들도 우리를 가끔은 아프게 하잖아요. 우리가 더 깊은 우정을 맺고 싶은 사람에게도 가끔은 상처를 받습니다. 그가 내게 상처를 주는 이유는 내가 그 사람에게 너무 많은 것을 꿈꾸고 기대하고 바라기 때문일지도 몰라요. 데미안을 동경하고 사랑하지만 충분히 함께할 수 없었으니까요. 하지만 데미안은 결국 싱클레어가 가장 갈망하던 가르침을 주지요. 깊은 친밀감, 이 세상 누구와도 쉽게 나눌 수 없을 것 같은 깊은 속내를 보여줄 수 있게 됩니다. 결국 그림을 통해서 데미안과 싱클레어는 다시 연결됩니다. 그런데 싱클레어는 또 하나의 그림을 그려요. 이 작품의 중심적인 상징, 즉 새 그림입니다. 싱클레어의 집 문 앞에 있는 엠블럼에 새가 그려져 있습니다. 데미안은 그 새를 보고, 싱클레어에게 네 인생에서 굉장히 중요한 새라고 말한 적이 있지요. 예전의 싱클레어는 그 새에 대해서 아무런 관심이 없었습니다. 그런데 지금은 자신도 모르게 어떤 강렬한 갈망에 사로잡혀 그 새를 그리기 시작해요. 이 장면을 자세히 읽어볼까요.

우리집 대문의 문장emblem은 매우 오래되었고 여러 차례 덧칠했기 때문에 제대로 알아볼 수가 없었다. 그 새는 무언가를 딛고 서 있거나 앉아 있는 모습을 하고 있었다. 꽃 한 송이거나 바구니, 또는 둥지 같은 것일 수도 있었다. 어쩌면 그 새는 나무 위에 서 있었을 수도 있다. 무엇인지는 알 수 없지만 여하튼 또렷하게 떠오르는 이미지부터 그리기 시작했다. 알 수 없는 갈망을 느끼며 나는 곧바로 강렬한 색채로 그림을 그리기 시작했는데, 내가 그린 그림 속에서 그 새의 머리는 황금빛이었다. 그저 마음이 이끄는 그림을 그려서 며칠 만에 비로소 그림을 완성했다.

이렇게 무의식의 흐름을 따라, 자신도 모르게, 마치 놀이처럼 무언가를 해보는 몸짓이 중요합니다. 그림을 그리거나, 노래를 흥얼거리거나, 정처 없이 걸어보는 것, 이런 모든 본능적인 몸짓들이 무의식과의 대화가 아닐까요. 싱클레어는 지금 그림을 제대로 잘 그리려고 하는 것이 아니라, 그저 마음속에 있는 것을 기분 내키는 대로 그리는 거예요. 누가 내 그림을 평가할까, 이런 걱정 없이, 그냥 그리는 것이지요. 뛰어난 재능을 선보이기 위해서가 아니라 비로소 내 마음과 잘 만나기 위해 그림을 그리는 것이기 때문입니다. 이를 치유적인 미술이라고 부를 수 있어요. 만다라를 그리는 심리 치유 프로그램도 있지요. 치유적인 효과가 있는 그림 그리기는 누군가에게 평가받는 위험이 없는 그림, 내가 나의 마음과 진솔하게 만나는 그림입니다.

내가 그린 그림은 날카롭고 대담무쌍해 보이는 매의 머리를 가진 맹금이었다. 새파란 하늘이 배경으로 펼쳐져 있었는데, 그 새의 몸 절반은 어두운 지구의 땅덩이 속에 박혀 있다. 이 매는 마치 커다란 알을 깨고 나오려는 것처럼 지구 위로 솟아 나오려고 애쓰고 있었다.

싱클레어는 이 그림을 데미안에게 보내기로 결정합니다. 데미안이 확실히 어디 사는지는 모르지만, 무작정 예전 주소로 보내기로 하지요. 이렇게 싱클레어가 매를 그린 그림을 보내는 것은 '내면의 황금'을 보내는 제의적 행위로 보입니다. 싱클레어의 내면에서 솟아오르는 것, 그 무의식 그대로의 모습을 그림으로 그려서 데미안에게 보냈던 것이지요. 무의식의 의식화, 그것이 매를 그린 그림이었고, 데미안은 그 메시지를 정확히 해독해요. 그것은 싱클레어의 미래를 그린 그림이었던 것이지요. 이 그림에 그린 새 이름이 뭘까요. 아프락사스였겠죠. 싱클레어는 자기 무의식의 부름에 따라 본능적으로 아프락사스를 그린 거예요. 아프락사스는 몇 년 전에 데미안이 싱클레어에게 심어준 '꿈의 씨앗'이었지요. 한동안 싱클레어에게 심어진 꿈의 씨앗은 살짝 발아만 한 상태였습니다. 싱클레어의 꿈의 씨앗은 방황과 방탕이라는 발아를 거쳐 서서히 삶의 정결하고 성스럽고 고결한 '마음의 토양'에서 숙성되어 마침내 아프락사스라는 새를 그리게 됩니다. '그린다'는 행위는 '그리움'의 뉘앙스와 '묘사한다'는 뉘앙스를 동시에 풍겨요. 온 힘을 다해 그리면 온 힘을 다해 그리워하게 되며, 온 힘을 다해 글을 쓰면 또한 온 힘을 다해 실천하게 됩니다. 아프락사스를 그려냈다는 것은 싱클레어가 아프락사스를 향한 찬란한 개성화의 길을 가기 시작했다는 의미지요. 자기 마음의 궁극적 이정표를 그릴 힘이 싱클레어에게 비로소 생긴 것입니다.

개성화

# 감성의 씨앗을
# 발견하는 일

헤르만 헤세의 작품세계는 《데미안》 이전과 이후로 나눌 수 있을 정도로 급격하게 변화합니다. 《데미안》 이전의 작품들은 낭만적이고 서정적인 색채가 짙어요. 아름답고 목가적인 느낌을 주는 이야기, 방랑자의 이야기가 대부분이지요. 그런데 《데미안》 이후에는 매우 철학적이고 심리적인 깊이가 강해져요. 등장인물 사이의 지적인 토론도 굉장히 많이 나오고요. 정작 헤세 본인은 부인할지도 모르지만, 독자의 입장에서는 《데미안》 이후의 작품세계가 확연히 달라진 것이 눈에 보이죠. 저는 이 사이에 '융 테라피'가 분명 영향을 주었으리라 생각해요. 헤세는 융을 그렇게 좋아하지 않는다며 지인에게 편지를 쓰기도 했지만, 실제로 작품 안에서는 융의 영향력이 강하게 느껴져요. 융 심리학에 아프락사스 이야기가 실제로 나오고, 싱클레어와 피스토리우스의 대화, 싱클레어와 데미안의 대화 자체가 '융 심리학 테라피'의 느낌과 상당히 겹치거든요. 결정적으로 에바 부인은 그전에 헤르만 헤세의 작품에서는 나오지 않던 강력한 여성 캐릭터예요. 융 심리학의 아니마를 형상화한 이미지로 매우 잘 어울리는 캐릭터이지요. 물론 작품이란 것은 한 사람의 영향만으로 갑자기 바뀌지 않지요. 여러 가지 이유가 있겠지만, '융 심리학이 헤르만 헤세에게 중요한 영감을 주었다'는 것은 부인하기 어려울 것 같습니다.

헤세의 다른 작품들에서 여성 캐릭터가 상대적으로 약했던 것과 달리 《데미안》에서는 매우 강력하고 카리스마 넘치는 여성 캐릭터, 에바 부인이 나옵니다. 에바 부인은 헤세가 그린 여성 인물 중에서 가장 강력한 카리스마를 지닌 여성입니다. 왜냐하면 《나르치스와 골드문트》에 나오는 여성은 일종의 팜므파탈이잖아요. 유혹하고 사라져 버리는 존재, 사랑하게 만들어 놓고 그냥 사라져 버리는 존재로 여성이 등장하죠. 유혹하는 주체이기는 하지만 인생의 어떤 깨달음을 주는 존재는 아니었어요. 그래서 남성을 유혹하는 존재로서 여성이 '대상화'되어 있는 모습을 보여줍니다. 대상화된다는 것은 적극적인 이야기의 주체이기를 멈추고, 그저 이야기의 대상, 욕망의 대상으로만 그려진다는 의미지요.

그나마 《싯다르타》의 카말라가 멋지긴 하지만, 너무 안타깝게 일찍 죽음을 맞이하는 캐릭터로 나오잖아요. 조연의 역할에서 벗어나지 못하지요. 싯다르타를 사랑하지만 깨달음에 방해가 되지 않도록 몰래 아이를 낳고 혼자서 키우다가 뱀에 물려 죽는 어이없는 결말을 맞게 됩니다. 《황야의 이리》에서는 헤르미온느라는 캐릭터가 매력적으로 다가오지만 결국 헤세 작품의 다른 여성 인물이 그렇듯 신비의 베일에 싸여서 주인공에게 과연 어떤 의미인지 알 수 없는 상태가 되어버리기도 합니다. 헤세의 여주인공들은 뭔가 중요한 것 같지만 사실은 계속 나타났다 사라지는 슬픈 매개자 같은 역할을 했어요. 헤세의 많은 작품에서 여성들은 남성의 깨달음에 어떤 계시가 되어주긴 하지만 스스로 진정한 깨달음의 주체는 되지 못하는 부차적인 모델로서 등장합니다. 그런데 《데미안》에서는 그렇지 않습니다. 제가 이 작품을 좋아하는 이유이기도 합니다. 《데미안》에서는 여성이 그야말로 명실상부한 이야기의 주체가 되지요.

《데미안》에서는 가장 먼저 깨달은 존재로 나오는 사람이 에바 부인이거든요. 살짝 아쉬운 것은 에바 부인에 대한 묘사가 길지는 않습니다. 많은 독자 여러분이 '에바 부인의 의미가 무엇인지 모르겠다'고 질문하시는 이유도, 작품 속에서 에바 부인에 대한 묘사가 부족하기 때문일 것입니다. 문학에서는 생략을 통해서 더욱 아름다워지는 존재들이 있죠. 생략과 말줄임표 속에서 더욱 아름다워지는 신비로운 존재들이 있는데, 에바 부인도 그런 존재였던 것 같습니다.

에바 부인은 아니마와 아니무스가 다 강력한 존재입니다. 데미안과 싱클레어의 완성태라고도 볼 수 있지요. 싱클레어가 좀 더 성숙하면 데미안의 아니무스를 지니게 될 것이고, 데미안이 더욱 성숙하면 에바 부인의 아니마를 지니게 되지 않을까 싶어요. 싱클레어가 꿈속에서 그리던 자신의 이상형을 남성적이면서도 여성적인 존재로 그리잖아요. 그것이 어쩌면 아니마와 아니무스가 동시에 발달한 이상적인 존재가 아닐까 싶습니다. 싱클레어에게 부족한 추진력, 결단력, 남성적인 힘, 즉 아니무스를 가진 존재가 데미안이라면, 싱클레어에게 부족한 배려심, 공감능력, 치유의 힘, 즉 아니마를 지닌 존재가 에바 부인이라고 생각합니다.

대신 싱클레어는 그 모든 '감성의 씨앗'을 가졌지요. 총명한 인지력과 풍부한 감수성을 가졌잖아요. 그리고 어떤 이야기든 잘 들어주고 스펀지처럼 흡수하는 놀라운 이해력을 가지고 있지요. 이런 사람들은 아니마와 아니무스의 장점 모두를 발전시킬 수 있는 감수성의 토양을 지닌 사람들입니다. 그런 감수성의 토양을 키워주는 것이 문학과 예술의 힘, 문해력과 풍부한 인간관계 같은 것이지요. 저는 저에게 부족한 모든 것을 '책'을 통해 얻었습니다. 저에게 부족한 감수성의 토양 모두를 온갖 책들에서 매일매일 얻고 있으니, 더 이상 환경을 탓할 필요가 없지요. 맹렬한 탐구열을 지닌 사람, 열정을 포기하지 않는 사람들은 결국 자신에게 부족한 아니마와 아니무스를 언젠가는 키워갈 수 있습니다. 지금 당장 아니마와 아니무스가 잘 보이지 않는다고 해서 '난 왜 이렇게 감수성이 부족하지?'라고 스스로를 탓하지 않으셨으면 좋겠습니다.

싱클레어는 감수성은 풍부하지만 안타깝게도 추진력과 결단력, 상황을 전체적으로 포괄하고 연결하는 통찰력이 부족합니다. 물론 아직 어리기도 하지요. 싱클레어에게 부족한 점을 다 가지고 있는 사람이 에바 부인이지요. 우리는 이렇게 나에게 결핍된 것을 지니고 있는 사람에게 끌리지요. 우리는 이런 사람과 사랑에 빠진다는 거예요. 나에게 부족한 어떤 것을 갖고 있는 사람들. 그런데 그건 의식적인 깨달음이 아니라는 거죠.《데미안》에서 꿈속의 이상형으로 나왔던 그 여인(아직 에바 부인인지 몰랐을 때)이 왠지 남성적인 느낌이 난다는 묘사가 나옵니다. 그 또한 아니무스가 아닐까요. 에바 부인은 분명히 생물학적으로는 여성이지만, 남성들조차도 위협을 느낄 정도의 강력한 남성성, 아니무스를 지닌 캐릭터입니다.

에바 부인에게는 누구라도 매혹을 느낄 만한, 신비로운 카리스마가 있지요. 이는 아니무스와 아니마의 조화로움에서 나오는 것이 아닐까 싶습니다. 에바 부인에게는 여성성과 남성성 모두가 풍요롭게 깃들어 있습니다. 사람들은 에바 부인의 말투와 몸짓, 지성과 감수성, 한없는 여유로움과 우아함에 매혹되지 않을 수 없지요. 지배하지 않는 지배력이라고 할까요. 일부러 애쓰지 않아도 사람들이 따릅니다. 에바 부인 근처에는 항상 사람들이 끊이지 않아요. 그녀를 존경하고 사랑하는 사람들로 늘 북적이던, 마치 프랑스의 살롱 같은 분위기 속에서 데미안은 자라났습니다. 에바 부인이 그토록 멋진 사람이었기에 데미안은 아버지가 없어서 슬프다는 생각을 한 번도 하지 않았던 것 같아요. 이렇게 타인을 지배하지 않으면서도 어느덧 지배해 버리는 신비로운 카리스마를 데미안이 물려받은 것이지요. 그것이 '카인의 표적'이기도 합니다. 다른 사람들을 압도해 버리는 비범함, 누구나 위협을 느낄 만한 강인함이 있지만 실제로 누구도 해치지는 않지요. 타인을 통제하는 지배력이 아니라 타인을 매혹하는 지배력, 그런 카리스마가 카인의 힘이죠. 데미안과 에바 부인은 그런 '카인의 표적'을 지닌 사람들을 찾고 있었던 것입니다. 데미안은 싱클레어에게서 첫눈에 '카인의 표적'을 발견한 것이지요. 어딜 가나 띌 수밖에 없는 뛰어남, 아무리 숨기려 해도 숨길 수 없는 눈부신 매력, 이런 점이 에바 부인과 데미안의 공통점이죠. 그것 때문에 사람들이 그들을 두려워했을 것입니다.

에바 부인과 데미안은 주변 사람들로부터 묘하게 따돌림을 당합니다. 그럼에도 불구하고 에바 부인과 데미안은 너무도 강한 사람들이기 때문에, 따돌림에 어떤 영향도 받지 않는 것이지요. 그들이 계속 고결하고 꼿꼿하게, 당당하게 살아가기 때문에 결국 사람들이 따돌릴 수조차 없는 것입니다. 제가 데미안과 에바 부인에게 배우고 싶은 것도 이런 꼿꼿함, 고결함이었어요. 어떤 상황에서도 주눅들지 않는 당당함이지요. 제가 《데미안》을 읽고 또 읽는 이유도, 읽을 때마다 제가 조금씩 강인하고 당당하고 침착해지기 때문입니다. 이 작품에는 제 안의 데미안을 일깨워 주는 힘, 상처받더라도 금방 일어서도록 만드는 힘이 있습니다. 저는 상처를 잘 받는 성격이라서 예전에는 누군가 저를 찌르지도 않았는데 이미 찔려 있는 상태로 살았어요. 이런 피해의식, 나약한 모습을 극복하고 '내 안에도 카인의 심장이 있다', '내 안에도 데미안의 용기가 있다'고

자꾸 속삭여 주는 것이 책을 읽는 기쁨입니다. 지금도 매일 문학과 심리학을 공부하면서 제 안의 싱클레어 같은 나약함을 극복하는 중입니다. 우리 모두에게 잠재된 데미안의 강인함을 끌어내는 것이 제 모든 강연과 글쓰기 수업의 목표이기도 합니다. 《데미안》을 낭독하고 필사하고, 데미안을 떠올릴 때마다, 우리는 강해지고, 지혜로워집니다.

# 용과의 전투, 나를 나이지
# 못하게 하는 모든 것과 싸우라

아니마와 아니무스 개념은 인생을 이해하는 데 커다란 도움을 줍니다. 오십, 육십 대가 되면 여성들은 오히려 사회생활을 활발하게 하려 하고, 남성들은 오히려 예전과 다르게 정적인 생활을 하려는 경우가 많습니다. 융 심리학에서는 그것이 개성화의 정상적인 과정이라고 봅니다. 나이가 들수록 여성은 아니무스가 커지고, 남성은 아니마가 커집니다. 중년 이후에 우리에게 인생 제2막이 열리게 되는데, 사십 대 이후에 인간의 개성화가 더 활성화된다는 것이지요. 진정한 나 자신을 찾기 위한 개성화의 몸부림이 더 커지기 때문에 잃어버린 나를 찾기 위한 몸부림이 다양한 형태로 나타납니다. 중년 이후의 남성들이 요리를 배우고 싶고, 꽃을 가꾸고 싶어지는 것은 아주 자연스러운 정서적 발달, 즉 아니마가 활성화된 것일 수 있다는 것이지요. 중년 이후의 여성들이 더 활발하게 사회활동을 하려는 것은 그동안 억압되었던 아니무스를 활성화하고 싶은 갈망이겠지요. 지금은 이런 모습이지만 남성성과 여성성의 구분이 점점 더 사라지면 아니마와 아니무스를 자신의 상황에 알맞게 보충하려는 새로운 움직임이 보일지도 모르겠어요. 결국 남녀를 뛰어넘어 개성화의 공통점은 '그동안 억압되었던 내 안의 나'와 만나는 갈망을 활성화시킨다는 점입니다.

개성화는 그동안 내가 무엇을 못했는지를 발견해 가는 과정과 똑같습니다. 내가 익히 알고 있고 잘 아는 부분들을 표현하는 것은 에고에 가까운 경우가 많습니다. 에고는 습관대로 합니다. 이렇게 하면 월급을 더 많이 받을 수 있고 이렇게 하면 상사의 칭찬을 더 많이 받을 수 있고 이렇게 하면 가족들이 더 좋아할 수 있다는 식으로. 외부의 보상, 타인의 인정을 지향하는 것이 에고입니다. 그런데 셀프는 내 자신이 인정하고 좋아하는 것을 추구하고 있기에 외부의 보상과 상관없는 일을 하면서 혼자서 좋아할 줄 알아요. 셀프는 에고보다 훨씬 자기충족적이고 충만한 존재니까요.

저에게는 글쓰기의 기쁨이 셀프의 가장 큰 블리스입니다.

어떨 때는 온몸이 저리고, 허리가 아파서 잠도 잘 못 자면서도, 온갖 노력을 끌어모아 글쓰기에 집중하려고 노력하는 이유는 그 속에 '고통을 뛰어넘는 기쁨'이 있기 때문이에요. 온몸이 저리고 쑤시는 고통 속에서도 계속 글을 쓰고 있는 저를 볼 때, 때로는 이게 뭐하는 짓인가 싶을 때도 있지만, 그럼에도 불구하고 멈출 수가 없습니다. 이 멈출 수 없는 갈망, 너무 해맑게 치솟아서 아무도 말릴 수 없는 갈망이 블리스가 아닐까 싶어요.

블리스는 셀프가 느끼는 희열이기 때문에 에고가 말릴 수 없습니다. 셀프는 눈에 보이지 않는 대신에 더욱 강력하지요. 에고는 분명히 보이는데 외부의 보상이 없어져 버리면 금방 흔들릴 수도 있습니다. 이에 반해 셀프는 누가 뭐래도 내가 좋은 것을 하는 것이기 때문에 고통이 강해도, 외부의 보상이 아주 적어도 그것과 상관없이 내면의 기쁨을 찾아가는 과정을 멈출 수 없습니다. 지금 싱클레어가 데미안을 찾아가는 과정에서 느끼는 기쁨도 그렇습니다. 데미안을 그리워하고, 어떻게 해서든 만나고 싶은 싱클레어의 마음에는 아무런 외적인 보상도 따르지 않지요. 누가 상을 주는 것도 아니고 칭찬해 주는 것도 아닙니다. 만날 수 있다는 보장조차도 없어서 정처 없이 헤매기도 해요. 하지만 마침내 만날 수 있을 때까지, 결코 멈출 수가 없습니다. 그것이 셀프의 기쁨, 블리스입니다. 겉으로 봤을 때는 큰 보상이 없고, 뭘 저렇게 힘든 걸 하는 걸까, 이렇게 여기는 것을 정말 미친 듯이 열심히 하는 사람들 있잖아요. 그들이 바로 블리스에 빠진 사람들입니다. 그런 사람들은 언젠가 개성화를 향한 눈부신 비상에 성공하지요. 그리고 그런 사람들이 무언가를 창조하는 기쁨을 알아가는 사람들이죠. 독서의 과정에서 느끼는 우리의 기쁨도 그런 블리스입니다. 아프락사스와 카인의 의미를 알아가는 그 과정, 그 속에서 깊은 깨달음의 기쁨을 누리니까요.

개성화에는 반드시 '장애물'이 뒤따라옵니다. '배우려는 사람'이 배움을 거부하는 '저항'이 대표적인 장애물이지요. 데미안이 싱클레어를 위해서 자신이 힘들게 깨달은 메시지를 전해주기 위해서 안간힘을 쓰고 있다는 느낌이 들었습니다. 그래서 데미안이 어떤 의미에서는 안쓰럽기도 했습니다. 싱클레어는 어떻게든 안 받으려고 하는데 데미안은 어떻게든 주려고 하는 거죠. 이것이 가르침과 배움의 본질입니다. 가르친다는 동사 자체가 폭력적이라고 생각하시는 분들도 많습니다. 가르치는 것은 엄청난 에너지와 용기와 좌절과 매일매일의 절망이 필요합니다. 그런데 가르침은 이런 평가를 받을 수밖에 없어요. 아무리 재밌게 가르치더라도, 가르치는 것에는 어쩔 수 없는 일방성이 있습니다. 그 일방성을 배우는 사람의 관점에서는 폭력성으로 오해하는 것입니다.

그렇지만 데미안은 싱클레어가 정말 듣기 싫더라도 자신에게는 정말로 소중한 이 메시지를 너무나 간절하게 싱클레어에게 전달해 주고 싶어 합니다. 저는 데미안의 이 진지함을 사랑해요. 데미안의 진지함을 도저히 사랑하지 않을 수 없는 저의 마음 때문에, 처음에는 싱클레어에게 막 몰입이 되다가 나중에는 데미안에게 연민을 느끼게 되는 그런 순간이 있어요. 데미안은 오직 깨달음을 향해 나아가는 구도자 같은 삶을 살아갑니다. 데미안은 도대체 무슨 기쁨으로 살아가는 걸까요. 생각해 보면 데미안은 셀프와 만나는 기쁨을 너무 어린 시절에 깨달았기 때문에 에고의 쾌락에 낭비할 시간이 없는 것 같습니다. 데미안은 에고의 쾌락을 끊어버리지요. 놀라운 점이지요. 데미안은 셀프의 발견을 위해서 에고의 쾌락을 자발적으로 끊어버립니다. 그래서 아주 어릴 때부터 뭔가 구도자나 수행자 같은 느낌을 주는 데미안과 같은 사람이 실제로 존재할 수 있을까 의심이 들지요. 하지만 실제로 그런 사람들이 있어요. 어떤 사람은 연구에만 전념해서 일상생활의 즐거움을 포기하고, 어떤 사람은 그림에만 몰두해서 일상생활의 즐거움을 끊고, 또는 음악에만 집중해서 일상의 기쁨을 포기하는 사람들이 있습니다. 무엇인가 몰입할 대상을 찾는 사람들은 일상의 세속적인 쾌락을 단호하게 끊어버리죠. 그들에게는 더 소중한 기쁨이 있기에 에고의 커다란 쾌락을 과감하게 끊어버릴 수 있는 용기가 있는 것입니다. 셀프의 기쁨은 인간을 강인하게 만듭니다. 우리에게도 셀프의 기쁨을 느낄 수 있는 영혼의 끈이 하나쯤은 필요하지 않을까 싶어요.

제가 좋아하는 신화학자 조셉 캠벨도 부인과 함께 스위스에 있는 융을 찾아가 심리상담을 받았다고 합니다. 캠벨은 융심리학을 통해서 자신의 신화학을 더욱 발전시켜요. 캠벨은 개성화의 과정에서 가장 중요한 것은 '내 안의 용과 싸우는 일'임을 깨닫습니다. 내 안의 용은 자아를 감시하고 있는 존재입니다. 프로이트 식으로 말하면 초자아일 수도 있습니다. 자기 자신을 감시하는 또 하나의 나를 의미합니다. 예를 들면 누가 내 글을 검열하고 있는 것도 아닌데, 내 스스로 내 글을 검열하고 있습니다. 이런 내 안의 용과 싸워 이길 때, 우리는 진짜 셀프가 원하는 아름다운 내 안의 스토리를 끌어낼 수 있습니다. 데미안은 싱클레어로 하여금 그 용과 싸울 용기를 일깨워 주고 있지요. 나를 나이지 못하게 하는 모든 것과 싸우라. 나를 진정한 나로부터 멀어지게 하는 모든 것과 싸우라. 이것이 데미안의 숨겨진 목소리라고 생각합니다.

그리스 신화에 아르고스라는 괴물이 있습니다. 아르고스는 24시간 눈을 뜨고 있는 존재입니다. 아르고스는 헤라의 명령으로 제우스의 연인을 감시하면서 제우스가 그녀에게 다가가지 못하도록 하지요. 아르고스의 온몸에 엄청나게 많은 눈이 붙어 있는데, 자고 있을 때조차도 그중 한두 개의 눈은 뜨고 있습니다. 아르고스는 자아를 끊임없이 감시하는 엄격한 초자아를 닮았어요. 우리 안에도 그런 아르고스 같은 존재가 있어서 내 안의 소중한 잠재력이 샘솟을 때마다 감시하고 있는 것인지도 모릅니다. 헤르메스는 놀라운 재치를 발휘해서 아르고스를 완전히 잠재워 버리죠. 피리를 가져와서 아름다운 음악을 들려준 것이지요. 모두 아르고스를 힘으로만 무찌르려고 했는데, 헤르메스는 아름다운 음악을 들려준 것입니다. 아르고스는 음악에 도취해 스르르 눈을 감고 맙니다. 아르고스는 처음으로 눈을 다 감고 잠이 듭니다. 이로써 아르고스는 생애 최초로 무장해제되는 것이지요. 우리도 우리 안의 괴물과 싸울 때 이런 재치가 필요한 순간이 있을 것 같아요. 내 안의 게으름이나 두려움(이것이 현대인의 아르고스지요)을 너무 야단치지만 말고, 그 게으름과 두려움이 눈을 뜰 새가 없도록 우리 자신을 충만한 영혼의 기쁨으로 꽉 채워보는 것이 어떨까요. 헤르메스의 피리소리처럼 교묘하고 아름답게, 우리의 영혼을 온갖 블리스와 내면의 황금으로 꽉 채워보는 것이지요.

왕자와 공주가 사랑에 빠지지 못하게 하루 종일 감시하는 용처럼, 우리 안의 두려움은 우리 자신의 가장 큰 잠재력을 숨기고 살도록, 그 어떤 모험에도 도전하지 못하도록 감시하고 있어요. 우리가 마침내 '내 안의 용('너는 실패할 거야'라고 생각하는 마음속의 트라우마)'과 싸워 이길 때, 더 깊고 더 너른 개성화의 여정에 오를 수 있습니다. 싱클레어도 《데미안》에서 그 일을 하고 있는 거예요. 자기 안의 용과 싸우고 있는 것입니다. 그 용은 '데미안이 날 뭐 제대로 이해하겠어', '데미안 따위가 나를 제대로 분석할 수 있겠어'라는 마음이에요. 열등감과 질투심과 허세입니다. 데미안은 나를 완전히 알 수 없을 거라는 방어기제가 싱클레어를 가로막고 있었던 것이지요. 그런데 싱클레어는 데미안과 오랫동안 떨어져 있으니까 비로소 깨닫게 됩니다. 데미안을 너무나 그리워하고 있는 자신의 진심을 말입니다. 꿈속에서도 자신이 데미안을 간절하게 찾고 있었다는 것을 발견하는 순간 싱클레어는 용과 싸워서 이긴 것이지요. 그만 미루고 꼭 그를 만나야겠다는 결심. 데미안을 만나서 내가 무엇을 고민하는지 반드시 털어놔야 되겠다는 결심. 내 삶의 가장 중요한 것들을 데미안과 상의해야겠다고 깨닫는 순간, 싱클레어는 '내 안의 용'과의 전투에서 이긴 것입니다. 진정으로 타인에게서 무언가를 배울 준비가 끝난 것이지요. 드디어 셀프가 에고를 통해서 다시 깨어납니다. 무의식의 의식화, 즉 무의식이 의식의 표면으로까지 표현되어 완전히 '내 것'이 되는 순간, 개성화는 성공한 거예요. 무의식의 꿈틀거리던 잠재적인 욕망을 의식의 차원으로 끌어내는 것을 개성화라고 말할 수 있습니다.

내가 진정으로 갈망하는 것들을 현실에서 마침내 이루어내는 것, 이 모든 것이 개성화입니다. 몇십 년 동안 생각만 하는 스토리를 드디어 책으로 쓰는 것, 그냥 봉투 속에만 들어 있던 원고를 '신춘문예 응모 원고'라고 적어서 신문사에 보낼 수 있는 용기. 그런 행동과 실천이 용과 싸워서 이기는 방법이지요. 만지작거리기만 하던 원고를 마침내 보냈다면, 이미 용과의 싸움에서 이긴 것입니다. 당선은 내 뜻으로 안 되잖아요. 마침내 나만의 글을 써서 누군가에게 보여줄 용기를 냈다면, 개성화를 이룬 것입니다. 오랫동안 꿈꾸던 일을 해냈다는 것 자체가 내 안의 용과 싸워 이겨서 마침내 나 자신과 만나는 과정입니다.

# 우리도 매일매일
# 개성화할 수 있다

피카소가 이런 말을 한 적이 있습니다. 자신은 열다섯 살 때부터 이미 벨라스케스처럼 완벽하게 그림을 그릴 수 있었다고. 당시 스페인 사람들이 가장 사랑하던 화가인 벨라스케스는 거장의 상징이었지요. 하지만 어린아이처럼 그리는 데는 육십 년이 걸렸다고 합니다. 완벽한 기술을 습득하는 데는 얼마 걸리지 않았지만, '다시 어린아이가 되는 것'을 위해서는 평생의 시간이 필요했다는 거예요. 완벽한 기술을 체득하고도 다시 어린아이가 되어서 처음부터 다시 시작하여 나만의 개성을 만들어내는 것. 그것이 곧 개성화입니다. 피카소는 융의 책을 안 읽었을 가능성이 높지만, 개성화의 의미는 정확하게 알고 있었던 것이지요. 창작에서 자신만의 개성을 가지려고 하는 사람들은 이런 과정을 다 거칩니다. 물론 실패하기도 하고 성공하기도 합니다. 그래서 고흐가 대단한 것이지요. 성공하고 싶은 유혹, 그림을 팔고 싶은 유혹을 떨쳐내고, 자신만의 해바라기, 자신만의 별빛을 그리는 그 외로운 길을 끝까지 걸어갔으니까요. 그건 그가 그토록 많은 역경을 이겨냈으면서도 어린아이처럼 해맑은 순수성을 잃지 않았기 때문이에요. 개성화를 위해서는 숙련도나 견딤만 필요한 것이 아니라 내 안의 마지막 순수성을 끝까지 잃지 않는 마음도 필요한 것이지요.

우리는 각자 다른 내면아이, 각자 다른 트라우마, 각자 다른 개성화의 씨앗을 가지고 있어요. 그리하여 아프락사스에 도달하는 과정도 다 다르지요. 저마다의 아프락사스를 새롭게 창조하기 위해서는 지금까지 배워왔던 수많은 지식이나 정보, 나아가 편견과 악습으로부터 나를 자유롭게 해줄 필요가 있습니다. 아무리 대단한 지식도 때로는 아프락사스를 향한 길 위에서는 장애물이 될 때가 있으니까요. 상식과 제도가 나에게 제약을 가할 때, 습관과 편견이 나의 자유를 방해할 때, 그것이 우리가 깨어나가야 할 거대한 알껍데기가 아닐까요. 그 알껍데기를 스스로 깨고 나아가 아프락사스로 날아가기 위해서는, 가장 사랑했던 존재와 이별할 용기가 필요합니다.

개성화는 죽을 때까지 계속되지만, 개성화의 씨앗을 널리 뿌린 사람은 죽고 나서도 개성화가 끝없이 이어집니다. 책을 쓴 사람, 그림을 남긴 사람, 노래를 남긴 사람은 계속 그 사람의 창의성과 아이디어, 영혼의 흔적이 그 다음 세대의 개성화를 위한 씨앗이 되고 토양이 되지요. 오늘 제가 죽는다 해도, 제가 꿈꾸고 시도했던 모든 개성화의 흔적이 여러분의 가슴 속에 분명히 각인되어 있을 거예요. 그러면 저의 개성화는 여러분이 읽어주시는 이 책을 통해서, 제가 죽은 다음에도 계속될 수 있어요. 개성화에 실패하면 크로머 같은 악당이 될 수도 있어요. 타인의 인생을 망치고, 자신의 인생까지 망치게 됩니다. 이런 악당 크로머는 도처에 널려 있어요. 빌런임에 분명한 사람들을 옹호하는 사람들도 빌런입니다. 빌런에게 꼼짝 못 하고 자꾸 당하기만 하는 사람도 언젠가는 빌런이 될 수 있습니다. 우리 사회의 수많은 크로머에게 저항하고, 반기를 들고, 끝까지 싸울 준비가 되어야만 우리는 개성화의 발걸음을 시작할 수 있습니다. '나쁜 행동은 결코 용납될 수 없다'는 것을 단호하게 가르치는 것도 중요합니다. 크로머에겐 그런 사람이 아무도 없었기에 어린 시절부터 영혼이 망가져 버린 것이지요.

소설 《데미안》 속에서는 크로머가 한 순간에 사라지지만, 데미안은 싱클레어와의 마지막 만남에서 이야기하지요. 언제든지 크로머는 다시 나타날 수 있다고. 그것은 크로머라는 한 사람이 아니라 우리가 온갖 악당과 싸워야 하는 모든 순간을 의미합니다. 크로머는 우리 곁에 항상 존재합니다. 중요한 것은 우리에게 크로머와 싸워 이길 용기가 항상 남아 있어야 한다는 것입니다. 내가 혼자 할 수 없을 때는 우리 주변의 데미안을 부를 수 있는 용기, 도움을 청할 수 있는 힘을 남겨두어야 한다는 것이지요. 우리는 저마다의 크로머와 필사적으로 싸워야 합니다. 그러기 위해서는 아프락사스의 날개가 필요합니다. 아기새가 알에서 깨어나올 때 어미새만 부리로 쪼아주는 것이 아니라 그 알 속에 들어 있는 아기새도 엄청나게 노력합니다. 줄탁동시啐啄同時라고 하지요. 밖에서만 자극해 주는 것이 아니라 안에서도 밖으로 나오려는 안간힘을 멈추지 말아야 합니다. 싱클레어가 피스토리우스의 나약함을 뛰어넘으면서 피스토리우스에게 바른말을 거침없이 할 수 있게 되고, 자살할 뻔한 친구 크나우어를 구하고, 더 이상 누구에게도 주눅들지 않게 되었을 때 싱클레어는 데미안의 진정한 친구가 되고, 에바 부인을 사랑할 자격이 있는 한 사람의 성인으로 성장한 것입니다. 마침내 싱클레어가 병사로서 전쟁에까지 나갈 수 있게 되었을 때 싱클레어는 진정한 영혼의 독립을 선언한 것이지요.

우리는 매일매일 개성화를 할 수 있습니다. 그런데 우리가 그 기회를 잡지 않는 것뿐입니다. 개성화의 길은 아주 가까이 있어요. 하루하루 책을 읽으며 낭독하고 필사하고 그 책 속의 아름다운 메시지를 내 삶으로 옮겨오는 것이 개성화입니다. 헨리 데이비드 소로처럼 맹렬하게 하루 네 시간 이상 산책을 하는 것도 개성화의 몸부림입니다. 바이올리니스트 클라라 주미 강Clara Jumi Kang은 아침에 일어나자마자 자신의 바이올린부터 잘 있는지 확인한다고 합니다. 제발 오늘도 아름다운 소리를 잘 내달라고, 바이올린에 이야기하기도 한답니다. 그만큼 절실하고 간절하게, 연주자로서 아름다운 소리를 내고 싶은 그 마음이야말로 개성화의 씨앗입니다. 클라라 주미 강은 어린 시절에 손가락을 다친 적이 있어서 오랫동안 힘겨운 재활 훈련을 하면서 온갖 고생을 했고, 세계적인 바이올리니스트로 발돋움한 요즘도 '오늘이 마지막 연주일지도 모른다'는 절박함으로 연주한다고 합니다. 그런 간절함이 개성화의 소중한 원동력이지요. 여러분 안에 '아름다운 개성화의 씨앗'을 심는 것, 간절한 마음으로 그 개성화의 씨앗에 사랑과 기다림, 노력이라는 물을 주는 것이야말로 우리가 매일 창조하는 개성화의 스토리입니다.

아프락사스

# 황야에서
# 홀로 깨달으라

싱클레어가 오랜 기다림 끝에 마침내 에바 부인을 만나는 장면은 언제 읽어도 가슴 벅찹니다. 에바 부인을 만나기 직전, 싱클레어는 데미안의 집 거실에서 놀라운 그림을 발견합니다. 그 집 거실에 한 마리의 새 그림이 있었습니다. 지구의 껍질을 뚫고 막 태어나려고 하는 금빛 머리를 한 새, 싱클레어가 그린 바로 그 그림이 데미안의 집 한가운데에 걸려 있었던 것입니다. 마치 지금까지 싱클레어가 해온 모든 방황에 대한 눈부신 응답처럼, 그 그림은 데미안의 집 거실에서 찬란히 빛납니다. 데미안과 싱클레어의 오랜 인연, 그 사건들 하나하나가 낱낱이 스며들어 있는 것 같은 애틋한 그림이 데미안과 에바 부인이 사는 그 집에 걸려 있다는 사실. 그것은 싱클레어에게 얼마나 감동적인 순간이었을까요. 지금까지의 모든 질문에 '그래, 네가 맞아, 네가 걸어온 모든 길이 맞는 길이야'라고 응답하는 듯한 그 그림의 존재에 싱클레어는 벅찬 감격을 맛봅니다. 그 순간 에바 부인이 나타나지요.

나는 할 말을 잃었다. 그녀의 아들과 마찬가지로 나이를 가늠할 수 없는 얼굴, 영적인 강인함이 가득한 얼굴. 그 아름답고 기품 넘치는 여인은 나를 향해 따스하게 미소 지었다. 나에게 그녀의 시선은 곧 성취였고, 그녀의 인사는 곧 귀향을 의미했다. 나는 묵묵히 그녀에게 두 손을 내밀었다. 그녀는 힘이 넘치고 따스한 두 손으로 내가 내민 손을 맞잡았다.
"싱클레어군요. 보자마자 알아봤어요. 반가워요!"
그녀의 음성은 깊고 따스했다. 나는 마치 달콤한 와인을 들이켜듯 그 목소리를 깊이 들이마셨다. 눈을 들어 그녀의 침착한 얼굴, 깊이를 짐작할 수 없는 검은 눈을 들여다보았다. 그리고 생기 넘치면서도 성숙해 보이는 입술, 자유롭고 당찬 이마, 그 표적을 지닌 이마를 바라보았다.

심리학자 융이라면 이 순간이 우리의 무의식, '아니마'를 상징하는 이상형과 만나는 순간이라고 생각했을 것 같아요. 무의식의 아니마가 강렬하게 투사된 인물이 바로 에바 부인입니다. 우리의 무의식은 우리가 의식적으로 느끼는 자아, 에고, 사회적 자아보다 훨씬 똑똑하고 지혜롭고 감성이 풍부해요. 남녀노소의 모든 측면이 한 인격 안에 존재할 수도 있어요. 《데미안》에서는 에바 부인이 그런 존재죠. 여성의 매력과 남성의 매력을 동시에 지닌 에바 부인은 배려와 존중이라는 여성성과 남성적인 카리스마를 동시에 가지고 있어요. 또 선악은 물론 젊음과 늙음, 미와 추, 과거 현재 미래를 모두 품고 있는, 나이를 짐작할 수 없는 사람입니다. 《데미안》에서 모든 시간과 모든 공간이 한 사람 안에 존재할 것 같은 그런 인물이 있다면, 에바 부인이 아닐까요. 아니마와 아니무스를 동시에 간직한 존재, 무의식의 여성성과 무의식의 남성성의 긍정적인 측면을 모두 지닌 존재가 에바 부인이 아닐까 싶습니다.

괴테가 《파우스트》의 마지막 문장에서 우리를 더 높은 곳으로 끌어올려 주는 존재는 우리 내면의 여성성일 것이라는 이야기를 했습니다. 괴테는 영원한 여성성이 우리를 더 높은 곳으로 인도한다고 했지요. 그 여성성이 융이 말하는 '아니마'와 연결되는 것이 아닐까 싶습니다. 생존을 위해 치열한 경쟁과 혈투를 벌이는 현대사회에서 아니마의 가치야말로 정말 소중한 것이 아닐까요.

에바 부인 주위로 예술가, 지식인, 무언가를 고민하는 수많은 사람이 모여듭니다. 그 이유는 에바 부인이 그 모든 사람의 고민을 들어주는 존재, 즉 소울메이트이자 멘토이자 구루 같은 내면의 스승 역할을 하는 존재이기 때문입니다. 에바 부인과 데미안을 합체했을 때 어쩌면 우리가 생각하는 완전한 멘토의 모습이 나올지도 모르겠네요. 데미안은 저돌적이고 용감하죠. 그가 타인의 삶에 끼어들 때면 어떤 거리낌도 주저함도 없습니다. 두려워하지 않고 다른 사람의 고통 속으로 뛰어들어서 그를 구해줄 수 있는 용기가 있습니다. 에바 부인은 굉장히 관조적이면서도 그 사람의 핵심을 찌릅니다. 안 보는 척하면서도 다 보고 있지요. 그렇게 아무도 모르는 곳, 누구의 시선도 가닿지 않는 곳까지 다 봐줄 것 같은 관찰력과 공감능력, 혜안을 지닌 존재가 에바 부인이리고 생각하면 됩니다. 싱클레어를 크로머로부터 구해준 사람이 데미안이라면, 크로머로부터 자유로워진 세계에서 무엇을 할 것인가를 알려줄 수 있는 이정표 같은 존재가 에바 부인이라고 볼 수 있습니다.

그렇다면 아프락사스의 의미는 무엇일까요. 다시 앞쪽으로 조금 가볼까요. 싱클레어는 데미안에게 새를 그린 그림을 보냈지요. 주소도 정확지 않지만 일단 옛날 주소로 보내, 마침내 데미안임에 분명한 누군가가 싱클레어에게 이런 답장을 보냅니다. 발신인과 수신인의 이름조차 없이. 그냥 누군가가 직접 와서 몰래 전해주고 간 쪽지처럼, 데미안의 서신이 싱클레어의 책갈피에 끼워져 있어요. 데미안다운 답장이지요.

새는 알을 깨고 나오기 위해 투쟁한다. 알은 곧 세계다. 새롭게 태어나려는 자는 하나의 세계를 파괴해야 한다. 새는 신에게로 날아간다. 그 신의 이름은 아프락사스.

그것이 무엇인지도 모른 채 꿈속의 새 한 마리를 그려 그 그림을 편지로 보냈더니, 이렇게 아름다운 답장이 온다면. 어떻게 그 사람을 사랑하지 않을 수 있겠어요. 어떻게 그 사람을 내 인생의 멘토로 삼지 않을 수 있겠습니까. 이렇게 서로의 가장 절실한 고민, 삶의 화두가 되는 것, 가장 소중한 것들을 나눌 수 있는 관계가 멘토와 멘티의 관계지요. 데미안과 떨어져지내면서도 자신도 모르게 데미안이 제기한 수많은 화두에 매달리던 싱클레어가 어렵게 완성한 그림이 저 찬란히 날아오르는 맹금류 아프락사스죠. 그런데 아프락사스는 멀리 있는 것이 아니라 싱클레어의 집 엠블럼에도 있었죠. 대문에 붙어 있는 그 문장에 있었던 새가 아프락사스였는데, 그냥 매일 보면서 지나칠 때는 아무런 의미가 없었던 그 아프락사스가 알고 보니 데미안이 그렇게 중요하다고 생각하는 신화적인 상징이었던 것입니다. 이를 융 심리학에서는 원형archetype이라고 합니다. 원형은 신화의 씨앗 같은 존재라고 보면 됩니다.

여러분의 마음속에서 가장 '나와 닮았다'고 느끼는 신화적인 인물이 있나요. 예를 들어 그리스 신화나 북유럽 신화, 제주 신화 등에서 여러분이 동경하는 인물이 있나요. 저는 그리스 신화에서는 '아라크네'를 좋아하고, 제주 신화에서는 '바리데기'를 좋아합니다. 그 인물들이 저에게 '신화적 원형'이 되어주는 것 같아요. 신화를 읽다보면 '나도 이런 존재가 되고 싶다'는 갈망을 느끼게 하는 존재가 있는데, 그가 여러분의 마음속 원형이 될 수 있습니다. 특히 어린 시절에 갈망하고 동경하던 인물이 신화적 원형에 가까운 경우가 많습니다. 제우스를 동경한다면 어떤 강력한 권력, 엄청난 카리스마를 동경한다고 할 수 있겠지요. 아테네 여신을 동경한다면 그 풍요로운 지혜와 신묘한 솜씨를 본받고 싶은 것이고, 헤르메스를 동경한다면 온갖 장애물과 한계를 뛰어넘는 그의 신출귀몰함과 재기발랄함을 닮고 싶을 것 같습니다. 아폴론의 사랑을 끝내 거부하여 월계수로 변신한 다프네는 '사랑하지 않을 권리'의 소중함을 보여준 것이지요. 결혼하지 않을 권리, 사랑하지 않을 권리를 주장하다가 결국 소원대로 '나무가 되어도 좋으니 누구와도 결혼하지 않겠다'는 자신의 꿈을 이루는 이야기잖아요. 결말이 너무 슬프지만 다프네는 결코 누구와도 결혼하고 싶지 않았으니까요. 자신의 신념을 지킨 거예요. 반대로 아프로디테는 그 어디서나 사랑할 권리를 지켜내는 여신이지요. 어떤 윤리도 어떤 체계도 어떤 금기도 뛰어넘는 무시무시한 사랑의 힘을 동경하는 사람이라면 아프로디테를 원형으로 삼고 싶을 것입니다.

우리가 닮고 싶은 신화 속의 원형이 《데미안》에서는 아프락사스로 나타납니다. 데미안이 싱클레어에게 던진 가장 강렬한 화두. 그것은 인간의 모든 열망과 자유를 응축하고 있는 것처럼 보이는 아프락사스였던 것입니다. 싱클레어는 자신이 무엇을 그리는지 인식하지도 못한 채 무의식의 흐름을 따라 알에서 깨어나 날개를 펼치는 새를 그리죠. 데미안은 그 새의 이름이 아프락사스임을 알려줍니다. 완전무결하고 지고지순한 신이 아니라 가장 어두운 악의 세계와 가장 아름다운 선의 세계를 모두 합일시킨 전체성의 신, 그 존재가 아프락사스입니다. 여기서 전체성이 중요한 개념입니다. 선과 악, 미와 추 그 모든 것, 극단적인 것, 서로 전혀 반대되는 것처럼 보이는 것을 한 몸에 끌어안는 존재가 아프락사스라는 것이지요. 그래서 선하기만 하고 아름답기만 하고 대단하기만 한 신이 아니라, 때로는 추악하기도 하고, 때로는 잔혹하기도 하고, 때로는 끔찍한 사악함도 보여줄 수 있는 그런 존재가 아프락사스라는 것입니다.

그런데 아프락사스의 '존재'를 알려주는 것이 데미안이라면, 아프락사스의 '의미'를 알려주는 것은 새로운 인물 피스토리우스라는 점이 재미있습니다. 피스토리우스는 아프락사스의 의미를 알려주는 존재이며, 데미안 다음으로 싱클레어가 많이 의지하는 존재지요. 피스토리우스는 해박한 지식을 지닌 사람, 이 사람한테 물어보면 백과사전에서처럼 모든 것이 다 나올 것 같은 사람인데요. 싱클레어는 처음에는 피스토리우스의 오르간 소리에 매혹되지요. 피스토리우스의 아버지는 매우 영향력 있는 목사이고 피스토리우스는 학자이자 교회 반주자입니다. 그는 유명한 목사가 될 수도 있고 훌륭한 음악가가 될 수도 있고 데미안처럼 뛰어난 멘토가 될 수도 있지만, 자신의 알껍데기 안에 갇혀 있는 사람이지요. 아프락사스를 향해 비상하려면 반드시 내 안의 알껍데기를 스스로 깨고 나아가야 합니다. 피스토리우스는 머리로는 알고 있으면서도 자신의 알껍데기를 절대 벗지 않으려고 하는 사람이지요. 하지만 싱클레어의 성장을 위해 분명히 도움이 되는 사람입니다.

싱클레어가 점점 피스토리우스에게 염증을 느끼는 이유는 피스토리우스의 지식이 너무나 책 속에 갇혀 있다는 느낌이 들어서입니다. 그는 유려하고 섬세하고 유창하게 자신이 아는 것들을 싱클레어에게 말해주지만, 막상 자신의 진짜 고민에 대해서는 싱클레어에게 이야기하지 않습니다. 피스토리우스는 데미안처럼 용감하게 삶 속에 뛰어드는 사람, 모험을 두려워하지 않는 사람이 아니라, 자신의 성채에서 한 발자국도 나가지 않으면서 절대로 상처받지 않으려고 노력하는 사람처럼 보입니다. 어느 순간 싱클레어가 피스토리우스의 그림자를 간파해 버리는 거죠. 그런데 피스토리우스는 한편으로는 싱클레어가 '그렇게 될 뻔한 사람'이기도 해요. 싱클레어가 만약 신학교에서 가르쳐 주는 대로, 거기서 요구하는 커리큘럼대로만 살았다면, 그렇게 해서 아주 모범적인 삶만을 살았다면, 피스토리우스와 비슷한 사람이 되었을 거예요. 사회화와 개성화 사이에서 방황하다 끝내 사회화를 택한 사람이 피스토리우스인 거죠. 그렇지만 싱클레어는 용감한 사람이지요. 자기 안의 어둠과 대면해 보고, 내면의 그림자와 제대로 싸워 봤잖아요. 싱클레어는 크로머를 통해서 어둠의 끝까지 걸어가 봤지요. 그리고 그 엄청난 공포의 바닥을 치고 다시 빛의 세계로 나온 사람이에요. 싱클레어는 피스토리우스와 일종의 '스파링'을 해보고 자신이 피스토리우스보다는 나은 사람이라는 것을 깨닫는 것이지요.

난롯가에 앉아서 편안하게 지식을 주입하는 달콤한 가정교사형 스승이 피스토리우스라면, 데미안은 제자를 황야에서 혼자 깨달을 때까지 홀로 내버려 두는 스파르타형 스승이지요. 그래서 처음에는 피스토리우스가 더 매력적으로 보였던 것입니다. 일단 제자를 힘들게 하지 않으니까요. 아름다운 음악으로 마음을 진정시키고, 자신만의 편안한 아지트인 집으로 데려가서 이런저런 이야기를 달콤하게 들려주니까요. 하지만 데미안은 무언가 어려운 화두를 탁 던져주고 자기는 사라져 버려요. 너 이거 한번 생각해 봐. 아프락사스 한번 생각해봐. 네가 알고 있는 카인과 전혀 다른 카인의 이야기를 내가 들려줄게. 이런 식으로 화두를 던져놓고 사라져 버린 거예요. 네가 알아서 깨달을 때까지, 홀로 고민해 보라고. 그래서 처음에는 데미안이 원망스럽지만, 점점 더 싱클레어는 데미안의 방법이 옳았다는 것을 깨닫게 됩니다.

데미안은 심지어 문제를 풀어보라고 권유하지도 않지요. 그냥 그 문제가 싱클레어의 삶에서 중요해질 때까지 내버려 둬요. 데미안은 싱클레어가 진정한 카인의 후예라면 혼자서 깨달을 수 있을 거라고 믿었던 것 아닐까요. 싱클레어는 어쩔 수 없이 혼자 문제를 풀게 됩니다. 너무 외로우니까. 그 외로움 속에서 무언가를 찾으려고 하는 것이죠. 하지만 싱클레어는 그

뼈아픈 외로움 속에서 진정한 깨달음의 보석을 얻게 됩니다. 싱클레어는 피스토리우스를 인간적으로는 사랑하지만 데미안만큼은 아니었습니다. 오히려 피스토리우스에 대해서는 연민을 느껴요. 자신의 알껍데기를 전혀 깨려고 하지 않는 피스토리우스의 두려움을 간파하게 되니까요. 피스토리우스는 그저 목사의 아들로, 자기 동네에서만 뛰어난 오르가니스트로 편안하게 살 수 있었던 것입니다. 피스토리우스가 동굴 속의 황제라면, 데미안은 황야의 어둠 속에서도 굴하지 않고 찬란하게 비상하는 독수리였던 것입니다.

# 친구의 어머니를
# 사랑할 수 있을까

피스토리우스가 사회화의 장벽에 가로막혀 어떤 모험도 하지 않는 반면에, 데미안과 에바 부인은 마음에 아무런 장벽이 없는 사람들처럼 보여서 때로는 당혹스럽습니다.《데미안》강의를 하다보면 '에바 부인을 향한 싱클레어의 사랑은 너무 파격적이지 않은가'라는 질문도 많이 받습니다. 특히 중고생들이 많이 질문해요. 친구의 어머니를 사랑하는 것이 어린 독자들에게는 충격이었을 것입니다. 그런데 문학은 우리가 살아가는 일상적인 세계를 뛰어넘어 '다른 세계'를 보여줄 수도 있다고 생각합니다. 일상과 똑같다면 우리가 왜 굳이 문학작품을 읽겠어요. 데미안이 에바 부인을 싱클레어에게 소개하는 장면, 싱클레어가 에바 부인에게 첫눈에 반하는 장면, 데미안이 에바 부인을 향한 싱클레어의 마음을 눈치채는 장면. 이런 장면 속에서 데미안은 눈 깜짝도 하지 않고 상황을 받아들입니다. 다 알면서도 말리지 않는 거죠. '사회적 터부'가 전혀 작동하지 않는 세 사람 사이의 관계는 신비롭고도 매혹적이고, 놀랍기도 하고 흥미롭기도 합니다. '진짜 네 자신의 마음이 가는 데까지, 끝까지 가보라'는 무언의 메시지가 들어 있는 것이 아닌가 싶어요. '자신의 영혼을 발견하기 위해서는 그 어떤 모험도 두려워해서는 안 된다'는 암시를 해주던 사람들이 갑자기 '친구의 어머니니까, 절대 사랑하지 말라'고 했다면 오히려 더 어불성설이 되지 않을까요.

현실에서는 아예 시작조차 하기 어려운 상황, 친구의 어머니를 사랑하게 되는 이 상황에서 그 누구도 윤리적인 터부를 말해주지 않는 세계가 바로 《데미안》의 세계입니다. 일반적인 사회적 규율이 통하지 않는 세계, 어떤 꿈을 꾸든 일단은 허용되는 세계가 시작됩니다. 어느 순간에 우리는 이루어질 수 없는 사랑에 빠질 수도 있지만, 사회적 자아가 가로막습니다. 하지만 이 세계에서 데미안은 알고 있습니다. 데미안이 아무리 말려도 소용없을 것임을. 그리고 데미안은 말리려고 하지도 않습니다. 자신의 감정을 속여본 적이 없는 사람인 것 같습니다. 사회적 시선 때문에 내가 진짜로 원하는 것을 끊임없이 포기해 온 우리 같은 평범한 사람들에게, 《데미안》은 그렇지 않은 세계에서 한 번쯤은 살아볼 기회를 주는 것인지도 모릅니다. 에바 부인은 싱클레어가 자신의 꿈을 이야기하면서 간접적으로 사랑을 고백하자, 이렇게 말하지요. 그 꿈을 이루라고. 어린 시절 저는 그 장면에서 신선한 충격을 받았어요. 제가 아는 문학작품에서는 그런 여주인공이 처음이었습니다. 귀족들의 파격적인 사랑을 다룬 쇼데를로 드 라클로의 소설 《위험한 관계》에서 트루벨 부인은 절대로 불륜에 빠질 것 같지 않은, 그야말로 순수함과 고귀함의 화신이었는데 결국 바람둥이 발몽과 사랑에 빠지지요. 오히려 그런 것은 이해가 되었어요. '이런 사랑은 안 된다'고 하다가 '그럴 수밖에 없구나'라는 쪽으로 돌아서는 주인공들은 많았지요. 그런데 단 한 번도 '안 된다'고 말하지 않는 주인공은 에바 부인이 처음이었습니다. 이 장면이지요.

2주간이나 에바 부인을 볼 수 없는 것은 나에게 고문처럼 다가올 것이기에, 나는 부모님 집에서 보내는 크리스마스 연휴가 두려워졌다. 하지만 막상 에바 부인과 멀리 떨어져 있으니, 그저 좋았다. 고향 집에 머무르면서 에바 부인을 생각하는 것만으로도 나는 좋았던 것이다. (…) 나는 그녀와의 합일이 새롭고 은유적으로 이루어지는 꿈도 꾸었다.

꿈속에서 그녀는 거대한 바다였고, 나는 그녀라는 바닷속으로 힘차게 흘러 들어가 합류하는 물살이었다. 꿈속에서 그녀는 별이었고, 나 또한 별이 되어 그녀를 향해 여행하고 있었다. 마침내 우리는 만나 서로에게 이끌렸고, 끊임없이 함께 머물렀으며, 기쁨에 겨워 자그맣게 소리가 나는 원을 그리면서, 서로의 주위를 영원토록 맴돌았다. 나중에 그녀를 만났을 때 나는 이 꿈 이야기를 먼저 들려주었다. "그 꿈은 참 아름답군요." 그녀는 나직이 속삭였다. "그 꿈을 이뤄보세요!"

저는 에바 부인과 데미안이 보여주는 세계를 '아무런 제약 없이 내가 원하는 것을 꿈꾸어도 그 모든 것이 허용되는 세계'로 해석하고 싶습니다. 지금까지 우리는 '허용되는 세계'만을 바라보며 살아왔으니까요. '남들처럼 살아라, 남들만큼만 살아라'라고 요구하는 세상에서 우리는 진정으로 원하는 것들을 숨기고만 살아왔으니까요. 그런데 막상 '네가 진짜로 원하는 것을 이루어 보라'고 마음껏 기회를 주는 세상이 오니까 싱클레어는 어떻게 했나요. 오히려 긴장하지요. 이것이 진짜 인간의 모습 아닐까요. '이 사람을 사랑하지 말라'고 하면 사랑하고 싶고(이것이 현실적인 세계의 모습이지요), '사랑을 이루어도 된다'고 하니까 긴장하고, 아무것도 할 수가 없어요(이것이 데미안의 세계예요). 모든 것을 허용하니까 오히려 아무것도 제대로 할 수 없는 것이지요. '나의 욕망'에 책임을 져야 하니까요. 아무도 막지 않지만 싱클레어는 에바 부인에게 함부로 다가갈 수 없어요. 그리고 에바 부인을 향한 사랑을 더 높은 이상을 향해 승화시키는 쪽으로 방향을 틀게 됩니다. 누구도 시키지 않았어요. 싱클레어 스스로가 그렇게 결정한 것입니다.

그리고 에바 부인이 '당신의 꿈(나를 향한 사랑의 꿈)을 이루라'고 말하는 것을 저는 '개성화'의 주문이라고 해석하고 싶어요. 그건 단지 한 여자를 마음껏 사랑하라는 뜻이 아니라, 당신의 사랑을 이루기 위해서 과연 무엇을 할 것인가를 깊이 생각해 보라는 의미가 아니었을까요. 그 꿈을 은유적으로 해석해 보는 것이지요. 에바 부인은 싱클레어의 꿈 이야기가 아름답다고 말하면서 그 꿈을 이뤄보라고 이야기합니다. 싱클레어는 바보가 아닙니다. 그건 도대체 무슨 뜻일지 고민합니다. '그 꿈을 이뤄보라'는 이야기 속에 담긴 은유와 상징을 읽어내려고 노력합니다. 그렇다면 그것은 단지 한 여자를 사랑하고 그 여자와 사랑에 빠지라는 단순한 뜻이 될 수 없는 것 아닐까요.

그 꿈은 '내 마음 깊은 곳에 있는 또 하나의 나'이고 그렇게 무의식의 심해 깊숙한 곳에 잠자고 있는 나의 아름다운 꿈을 이루라는 뜻이 아닐까요.

에바 부인은 말해요. 당신의 꿈은 정말 아름답다고. 그 아름다운 꿈을 어떻게든 실현해 보라고. 그것이 나에 대한 사랑일지라도 상관없다는 것입니다. 그런데 에바 부인은 그걸 한 사람을 향한 사랑으로 집중시키는 것이 아니라 에바 부인을 둘러싼 모든 사람에 대해서, 그 수많은 지식인과 예술가의 삶을 싱클레어가 자연스럽게 배우게 합니다. 그래서 지금까지 싱클레어가 갇혀 있었던 세계, 신학자로서의 꿈만을 향해 정진하던 그 세계가 얼마나 좁은 울타리였는지 알려주는 존재이기도 했던 것입니다.

싱클레어는 피스토리우스처럼 말만 번드르한 사람, 현실에 안주하며 편안하게 사는 지식인이 되고 싶지 않았어요. 피스토리우스의 나약함은 지식인의 전형적인 나약함이기도 합니다. 모든 것을 알지만, 아무것도 행동하지 않는다면 나약한 지식인에 그치는 것이잖아요. 우리는 그런 삶을 살지 말자는 것이지요. 그래서 싱클레어는 피스토리우스의 나약함이 자신의 성장을 가로막는 장애물임을 알게 됩니다. 피스토리우스로부터 많은 지식을 흡수한 다음에 그와 결별합니다. 싱클레어가 버리는 게 아니고 오히려 피스토리우스가 싱클레어를 멀리하게 됩니다. 피스토리우스에게 싱클레어는 어느 순간 절규합니다. 제발 그 곰팡이 냄새 나는 헛소리는 집어치우고 진짜 당신의 내면에서 솟아 나오는 이야기를 해보라고 요구하지요. 당신의 꿈 이야기를 해주라고, 책 속에 나오는 꿈 이야기가 아니라 당신이 간밤에 꾼 진짜 생생한 꿈 이야기를 해달라고 소리쳐요. 항상 예의 바르던 싱클레어가 이렇게 갑자기 마음속 깊은 이야기를 '돌직구'로 내던지니 피스토리우스는 놀라서 어쩔 줄 모르지요. 싱클레어의 말은 당신의 진정한 셀프에서 우러나오는 개성화의 목소리를 내보라는 이야기가 아니었을까요. 당신이 지금 말하고 있는 것은 다 책에서 나오는 거잖아요, 하지만 내가 알고 싶은 것은 피스토리우스라는 단 한 사람, 당신의 생생한 삶 속에서 우러나오는 이야기라고, 싱클레어는 외치고 싶었던 것입니다. 그것은 피스토리우스로 하여금 진정한 친구가 될 기회를 준 것이기도 합니다. 하지만 피스토리우스는 더 이상 싱클레어에게 마음을 열지 않게 됩니다. 그도 상처는 받았겠지만, 진정 훌륭한 스승이라면 제자의 그 정도 반항에 숨어 있는 '진실' 정도는 간파할 수 있지 않을까요. 피스토리우스는 자신의 딱딱한 알껍데기를 깨고 새로 태어날 준비가 안 되어 있었던 것입니다.

피스토리우스는 알을 깨고 나올 생각이 없어요. 왜냐하면 그 알이 자신을 보호해 주고 있다고 생각하기 때문인지도 모릅니다. 피스토리우스에게는 그것이 교회일 수도 있고, '목사의 아들'이라는 편안한 신분일 수도 있어요. 직업, 조직, 학교, 이 모든 것이 우리를 보호해 주는 것 같지만 결정적인 순간에는 '그 누구도 아닌 나 자신의 삶을 살기 위해' 언젠가는 해방되어야 할 거대한 장벽이 될 수도 있습니다. 가족, 사회, 국가, 그 모두가 안전한 방패막이 같지만 때로는 내가 뛰어넘어야 할 장벽이 될 수도 있어요. 그 모든 조직은 '나답게' 살라고 이야기하기보다는 '조직의 일원으로서 걸맞는 행동'을 할 것을 요구하지요. 그런데 아프락사스의 외침은 한결같아요. 그 알을 스스로 깨고 나오는 사람만이 아프락사스를 향해 날아오를 수 있다는 것이지요. 우리가 갇혀 있는 이 알을 깨고 나오지 않으면 새롭게 태어날 수 없습니다. 아프락사스는 신을 향해 날아가는 새, 완전한 이상을 향해 날아가는 새입니다. 우리를 덮고 있는 단단한 알을 깨야만 하는데, 그 알은 사실 얼마나 두꺼운지요. 그 알이 그동안 우리가 '사회화'를 위해 배워야 했던 모든 시스템과 규칙, 제도, 타인의 시선이 만들어 낸 모든 억압이었던 것입니다.

아프락사스는 《데미안》의 핵심이면서도 가장 어려운 부

분이기도 합니다. 한 번에 잘 포착이 안 되거든요. 책을 여러 번 읽고, 그러면서 책 속의 앎이 내 삶의 깨달음과 합쳐질 때 독서는 완성됩니다. 책 속의 문장과 내 삶의 이야기가 하나로 합쳐지는 지점에서 독서는 그 향기를 발휘해요. 그렇게 서서히 이해되는 아름다운 개념이 아프락사스입니다. 저는 아프락사스를 이렇게 해석해요. 아프락사스는 인생의 빛과 그림자를 한꺼번에 끌어안는 용기입니다. 전쟁에 나가서 가장 소중한 사람을 잃게 되더라도, 그 미칠 것 같은 슬픔까지도 인생의 일부이기에 껴안아야 한다는 것이지요. 데미안을 기어이 전쟁터에 내보내고 그 무시무시한 곳에서 데미안을 영원히 잃어버리는 것. 그것이야말로 싱클레어가 평생 감당해야 할 어마어마한 트라우마가 되겠지요. 아프락사스는 그 트라우마조차도 껴안아야 한다고 이야기할 것입니다. 왜냐하면 인생의 달콤한 체리만 쏙 빼먹고 인생의 퍽퍽하고 질척이는 부분은 다 생략한다면 우리는 결코 인생의 본질로 들어갈 수 없게 되기 때문이겠지요. 체리 피킹cherry picking이라는 말도 있잖아요. 인생의 좋은 면만 가지고 가려는 얌체 근성을 말합니다. 그런데 그런 태도로는 결코 위대한 아프락사스의 길에 다다를 수 없지요. 아프락사스는 그 어떤 그림자도, 슬픔도, 트라우마도, 눈물도 다 끌어안을 수 있는, 깊이도 넓이도 측량할 수 없는 무시무시한 포용력입니다.

변신

# 피를 머금은
# 당신의 입술에 입맞춤을

마침내 깨달음을 얻기 위해 마지막으로 넘어야 할 장벽은 '가장 사랑하는 존재와의 이별'입니다. 싱클레어에게는 데미안과 에바 부인이지요. 만남에서 이별까지 그 어떤 순간도 평범하지 않은 사람, 그가 데미안입니다. 데미안은 그 마을의 수많은 사람 중에서 '카인의 표적'을 지닌 한 사람, 싱클레어를 발견하여 자신의 친구로 만들고, 그리고 먼 훗날 그들이 이별할 때 자신이 지닌 개성화의 씨앗을 싱클레어에게 물려주며 그를 떠나는 존재입니다.

제1차 세계대전이 《데미안》의 시간적인 배경인데요. 그 전쟁을 예언하는 존재가 데미안이기도 합니다. 데미안은 우리가 피할 수 없는 무언가가 거대한 먹구름처럼 다가오고 있는데 그게 전쟁일 것 같다고 예감합니다. 에바 부인 주변에는 평소보다 더 많은 지식인과 예술가가 모여들면서 세계 정세의 급박한 변동에 관해 이야기를 나누고, 전쟁이 다가오고 있다는 것을 직감합니다. 데미안이 누구보다 먼저 전쟁터로 나가게 됩니다. 데미안은 자신이 죽을 수도 있다고 생각합니다. 데미안은 전쟁과 같은 대혼란에서는 '카인의 표적'을 지닌 자신 같은 사람들이 더욱 위험해질 수 있다는 것을 알아요. 평범하지 않으니까, 명령에 복종하지 않을 수도 있으니까, 더욱 위험한 존재지요. 하지만 데미안은 전쟁을 피할 생각은 단 한 번도 하지 않습니다. 에바 부인의 내면이 궁금한데, 이 소설에서는 자세히 나오지 않아요. 아들을 전쟁에 보내는 어머니의 마음이 얼마나 고통스러웠을지, 단 한 번이라도 그 운명을 피하고 싶다는 생각은 하지 않았을지, 못내 궁금해집니다.

제1차 세계대전의 참화를 겪은 독일인들에게는 《데미안》이 엄청난 위로로 다가왔다고 합니다. 처음에는 그 사실이 잘 이해되지 않았어요. 일단 이토록 눈부신 청년들이 아무런 망설임 없이 전쟁터로 나간다는 설정이 놀라웠습니다. 에바 부인도 데미안을 말리지 않는 것이 이상했습니다. 하지만 이후에 벌어진 여러 정황을 종합해 보건대, 한 개인이 피할 수 있는 전쟁이 아니었던 것 같아요. 데미안은 이미 장교로 임관되어 있었고, 싱클레어도 징집되니까요. 그리고 당시 독일인들에게는 '이 전쟁에서 승리할 것이다'라는 믿음이 강했다고 합니다. 충격적이지요. 그 또한 전쟁의 무서운 본질일지도 모릅니다. 승리할 수 있다는 확신이 전쟁을 일으키게 만드는 무서운 원동력이니까요. 하지만 독일은 전쟁에서 패배했고, 수많은 젊은이가 참혹하게 희생되었습니다. 헤르만 헤세도 제1차 세계대전에 참전하고 싶어 했는데 신체검사에서 떨어져서 그럴 수가 없었어요. 전쟁의 참상을 목격한 헤르만 헤세는 반전주의자, 평화주의자로 변신하게 됩니다. 《데미안》은 아직 헤르만 헤세가 완전한 반전과 평화를 외치기 이전의 모습을 보여주는 작품이에요. 1919년 작품이니까요. 헤세가 완전한 반전주의의 입장을 굳히게 되는 것은 몇 년 후의 일이거든요.

일단 헤르만 헤세는 아들을 잃고, 아버지를 잃고, 남편을 잃은 독일인들의 마음을 위로해 주고 싶었을 것입니다. 그리고 그들의 희생이 결코 '의미 없는 죽음'이 아니었다는 것을 보여주고 싶었을 겁니다. 그리하여 데미안과 싱클레어, 그가 가장 아끼고 사랑하는 두 주인공을 전쟁터로 내보낸 것이 아닐까요. 그들이 모두 살아남는다면 너무 좋겠지만, 애석하게도 그렇지 못합니다. 데미안은 전쟁터에서 돌이킬 수 없는 상처를 입고, 싱클레어에게 마지막 작별인사를 하게 됩니다. 그 장면이 너무도 가슴 아프지만, 《데미안》의 가장 아름다운 장면이기도 합니다.

그는 나를 향해 미소를 지었다.

그는 한없이 오랫동안 내 눈을 바라보았다. 천천히, 그의 얼굴은 나에게 아주 가까이 다가왔다. 그의 얼굴과 나의 얼굴이 서로 거의 닿을 듯했다.

"싱클레어!" 그가 속삭이듯 말했다.

나는 눈빛으로 그의 말을 이해한다는 신호를 보냈다.

그는 나를 향해 미소 지었는데, 마치 나를 안쓰러워하는 듯한 눈빛이었다.

"꼬마 친구!" 그가 웃으며 말했다.

그의 입술이 내 입술에 아주 가까이 다가왔다. 그는 계속 조용히 속삭였다.

"아직도 프란츠 크로머를 기억하니?" 그가 물었다.

나는 그에게 눈을 찡긋하고, 미소를 지어 보였다.

"꼬마 싱클레어, 내 말 잘 들어야 해! 난 이제 떠나야 해. 언젠가 내가 필요해지면 말이야. 다시 크로머 같은 일이 생기거나 다른 일로 내가 다시 필요해질 수도 있어. 그럴 때는 네가 부른다고 해서 내가 말을 타고 오거나 기차를 타고 빨리 오지는 못할 거야. 나를 부르고 싶을 때 너는 너의 내면의 소리에 귀를 기울여야 해. 그러면 내가 이미 네 안에 있다는 걸 알 수 있을 거야. 내 말 알아듣겠니? 그리고 한 가지 더! 에바 부인이 언젠가 너에게 좋지 않은 일이 생기면 그녀가 나에게 해준 키스를 너에게 전해주라고 말했어…. 눈을 감아봐, 싱클레어!"

나는 가만히 눈을 감았다. 멈출 줄 모르고 계속 피가 조금씩 흐르는 나의 입술 위로 가벼운 키스가 느껴졌다. 이윽고 나는 잠이 들었다.


데미안은 모든 걸 알고 있었던 거예요. 그들이 그렇게 헤어지게 될 것을. 이 참혹한 세상에 싱클레어 혼자 남겨지게 되리라는 것을. 하지만 데미안은 자신의 모든 용기와 지혜를 싱클레어에게 주고 싶어 합니다. 에바 부인이 자신에게 남긴 키스를 싱클레어에게 전해주고 싶어 합니다. 아들을 사랑하는 어머니의 마음으로, 전쟁터에서 부상을 당해 사경을 헤매는 싱클레어에게도 보살핌과 애틋함의 마음을 담은 키스를 전해주고 싶었던 것이겠지요. 그렇지만 우리는 싱클레어가 에바 부인을 얼마나 사랑하는지 알기에, 그 키스에 담긴 의미가 매우 은

유적이고 상징적이라는 것도 미루어 짐작해 봅니다. 사랑을 뛰어넘은 사랑, 그것이 아닐까요. 남들이 '여기까지는 사랑이고, 여기까지는 우정'이라고 경계 짓는 그런 사랑이 아니라, 세상 사람들이 '사랑'이라 경계 짓는 그 모든 울타리로부터 해방된 더 크고 깊은 사랑의 키스를, 에바 부인은 데미안을 통해 싱클레어에게 전해주고 싶었던 것이 아닐까요?

# 거울을 보면 나를 넘어
# 당신이 보입니다


제1차 세계대전의 구체적인 발발 과정에 대한 이야기는 《데미안》에 나오지 않습니다. 전쟁 이후 독일 사람들이 《데미안》을 읽었던 것은 황폐해진 세계에서 그나마 어떤 희망을 찾기 위한 몸부림이 아니었을까요. 《데미안》이 출간된 해는 1919년이에요. 제1차 세계대전 직후였습니다. 1919년이면 우리나라의 삼일운동이 일어났던 시기입니다. 한국과 독일은 격변기였다는 점에서 공통점이 많지만 한국과 독일은 어쩌면 너무 다른 고민을 하고 있었던 것 같아요. 우리는 만세를 불러서라도 빼앗긴 국가를 되찾아야만 했던 입장이었고, 독일은 국가가 힘을 키우는 과정에서 국가의 존재 자체가 의문에 빠지는 전쟁이 일어난 것이지요.

다시 싱클레어의 이야기로 돌아오겠습니다. 우리의 《데미안 프로젝트》는 일단 국가 단위의 이야기가 아니라 '개인의 개성화'에 대한 이야기니까요. 전쟁을 통해서 싱클레어는 놀라울 만큼 빠르게 성장해요. 아무리 의지하고 싶어도 아무에게도 의지할 수 없게 되니까요. 혼자서 자립해야 하고, 그 누구에게도 슬픔이나 두려움을 표현할 수 없고, 주어진 임무는 무엇이든 목숨 걸고 해내야 하니까요.

너무나 연약한 존재였던 싱클레어가 이 전쟁을 통해 어마어마하게 성장합니다. 싱클레어는 데미안이 없는 곳에서도 데미안처럼 살 수 있게 되잖아요. 또 크로머처럼 무서운 존재가 나타난다고 해도 더 이상 데미안을 부를 수 없잖아요. 데미안이 말을 타고 올 수도 없고, 기차를 타고 올 수도 없게 되었으니까요. 데미안을 이 세상에서 영원히 볼 수 없게 되었으니까요. 싱클레어는 마침내 스스로가 데미안이 되어야 합니다. 스승이 사라진 자리에서, 홀로 스승이 되어야 하고, 타인을 돕고 구하는 존재가 되어야 합니다. 이것이 뼈아픈 성장의 진실이지요. 나를 가장 사랑해 준 존재로부터의 가슴 아픈 독립, 그것을 위해서는 영원한 이별도 감내해야만 했지요. 우리는 싱클레어가 씩씩하고 담대하고 지혜로운 청년이 된 이유를 알고 있습니다. 그가 카인의 의미, 아프락사스의 의미를 이해했기 때문입니다. 싱클레어는 자신을 시기하거나 질투하는 사람들 앞에서 스스로를 지켜야 했던 카인의 고독을 알게 되었고, 그 어떤 상황에서도 나만의 개성화를 향한 찬란한 날갯짓을 멈출 수 없는 아프락사스의 운명을 알게 되었기 때문입니다.

싱클레어의 변신은 그가 카인이라는 존재의 시선에서 생각하면서 실현됩니다. 싱클레어는 자신 안에 순종적인 아벨과 저항적인 카인이 존재하고 있음을 깨닫고, 자신이 카인처럼 새로운 세상을 향해 의문을 던질 수 있는 존재가 될 수도 있다는 의구심을 품습니다. 싱클레어가 아프락사스의 의미를 찾게 되고 무의식의 가능성을 의식으로 끌어올리는 개성화라는 과정이 이미 자신의 삶의 초반부에서부터 시작되었음을 깨달은 것이지요. 아프락사스의 형상은 싱클레어 집의 대문 위에 문장, 엠블럼의 형태로 이미 존재하고 있었으니까요. 내가 그 아프락사스를 향해 찬란하게 날아오르면 되겠구나. 그렇게 깨닫는 순간 싱클레어는 다른 존재가 됩니다. 크로머 따위는 완전히 벗어날 수 있는 그런 용기가 생겼습니다. 싱클레어는 마침내 데미안이 된 것입니다.

데미안이 없는 세상에서도 데미안처럼 용감하고 지혜로운 존재로 살아갈 수 있는 존재가 싱클레어입니다. 여러분은 데미안 같은 사람을 현실에서 만나기는 어렵다고 생각하실지 몰라요. 하지만 책에는 있습니다. 책 속에서 우리는 데미안처럼 강렬한 멘토를 언제나, 매일 만날 수 있어요. 생각해 보면 저를 도와주려고 했던 많은 사람이 저마다 저의 데미안이었던 것 같아요. 범접할 수 없이 위대하고 찬란한 존재만 데미안인 것이 아니라, 우리를 도우려고 노력했던 모든 사람, 그러나 안타깝게도 우리를 돕지 못했던 사람들조차도 모두가 데미안이 아니었을까요. 예전에는 데미안처럼 멋진 사람이 현실에는 없다고 생각하며 안타까웠습니다. 하지만 지금은 우리 모두에게 어쩌면 데미안 같은 가능성이 있구나, 우리가 그 데미안의 잠재력과 가능성을 충분히 꺼내서 쓰지 못하고 있구나, 이렇게 생각해 봅니다.

우리 안에는 싱클레어도 있고 데미안도 있습니다. 카인과 아벨이 공존하는 것처럼. 그리고 우리에게는 아프락사스 같은 존재가 있는가 하면 피스토리우스처럼 나약한 면도 있어요. 그 모든 것이 나임을 깨닫게 되면 우리는 훨씬 더 많은 것을 배울 수 있습니다. 그리고 때로는 내 안에 크로머가 있을 수도 있어요. 우리가 가진 것만으로도 편하게 살려고 마음먹는 순간 크로머가 되겠지요. 크로머가 정말 명백한 악당들에게만 있는 것이 아니라 우리도 자칫하면 언제든지 크로머가 될 수 있다는 것을 잊지 말았으면 좋겠어요. '흑화'되고 싶을 때가 있잖아요. 너무 화가 나고, 너무 억울하고, 너무 지긋지긋할 때, 우리는 크로머가 될 위험이 있어요. 누군가에게 권력을 행사하는 순간, 누군가에게 쉽게 자신의 의견을 관철하려고 하는 순간. 누구나 크로머가 될 수 있다는 것을 잊지 말아야, 우리가 스스로 악당이 되지 못하게 지켜낼 수 있어요. 데미안 같은 사람을 찾기만 할 것이 아니라, 마침내 우리가 데미안 같은 사람이 되려고 노력할 때, 우리는 점점 소설을 닮은 사람, 문학을 닮은 사람, 아름다운 영혼을 지닌 주인공이 되어가지 않을까요.

내가 데미안이 되려는 노력도 중요하지만 내가 크로머가 되지 않으려는 노력도 굉장히 중요합니다. 싱클레어가 크로머에게 느꼈던 두려움을 그 누구에게도 주면 안 되는 것이지요. 수많은 독재자, 민주주의를 압살하는 정치가들, 조직 내에서 권력을 행사하는 윗사람들은 그렇게 '또 하나의 크로머'가 되어서 우리를 괴롭힙니다. 그저 쉽게 가려는 순간, 내가 가진 것을 절대 놓으려고 하지 않는 순간, 내가 손해 보지 않으려고 타인에게 손해를 입히는 순간, 우리는 언제든지 크로머가 될 수 있어요. 인생의 고통을 손쉽게 해결하려는 순간 우리는 크로머가 될 수 있습니다. 그저 편안하게 권력자들의 삶을 모방하면, 그것이야말로 '사악한 사회화'가 되는 것이니까요. 그러니 여러분, 우리는 어렵게 가기로 해요. 어렵게, 힘들게, 간절하게, 눈부시게, 그렇게 이 아름답고 찬란한 개성화의 길을 한 걸음 한 걸음 걸어가기로 해요.

여러분이 원하는 그 삶을 향해 어렵게 가려고 노력할수록 개성화는 더욱 아름다워져요. 영웅의 마지막 변신, 그것은 데미안과 싱클레어가 전쟁터에서 만나는 순간이에요. 제1차 세계대전이 일어난 후, 전장의 용사로 변신한 싱클레어와 데미안이 다시 만나는 순간은 차가운 병상 위에서였습니다. 데미안은 마지막 길을 떠나며, 싱클레어에게 속삭이죠. '설령 내가 곁에 없더라도 내가 필요할 땐 나를 부르지 말고 네 안에서 나를 찾으라'고. 항상 저 멀리서 별같이 빛났던 데미안이 떠나면서 싱클레어는 완전히 자기 안의 데미안을 갖게 됩니다. 아니 스스로 데미안 자체로 변신하는 거예요. 싱클레어는 데미안이 가르쳐 줬던 모든 것을 실천하는 사람이 되려고 노력했어요. 그러던 어느 날, 거울을 비춰보니 자기가 데미안이 된 거예요. 우리가 셀프의 이상화된 이미지를 계속 추구하다 보면 어느 순간 내가 꿈꾸던 그 사람이 되어 있습니다. 아침에 잠을 깨어 보니 싱클레어의 곁에는 낯선 사람이 누워 있습니다. 데미안은 영원히 사라져 버린 것입니다. 하지만 그는 영원히 싱클레어와 함께이기도 합니다. 바로 이런 모습으로 말이지요.

붕대를 감는 동안 너무나 아팠다. 그 후로 나에게 일어난 모든 일이 아팠다. 하지만 가끔 내가 열쇠를 찾아 완전히 나 자신의 내면 깊숙이 들어가면, 어두운 거울 속에 운명의 형상들이 잠들어 있는 그곳으로 내려가면, 나는 이제 그 어두운 거울 위로 몸을 숙이기만 하면 된다. 그러면 나 자신의 모습이 보인다. 마침내 그와 완전히 똑같은 모습이 된 나. 나의 친구이자 안내자인 바로 그 사람과.

더 이상 힘들 때마다 데미안을 부를 필요가 없어집니다. 조용히 거울 속의 나를 들여다보면 됩니다. 《데미안》은 평범한 싱클레어가 위대한 데미안으로 변신하는 이야기예요. 아무리 위대한 안내자가 있어도 그들에게서 아무것도 배우지 못한다면 그 사람은 개성화되지 못합니다. 싱클레어는 끊임없이 타인에게서 무엇인가를 배우고 그들보다 조금이라도 나은 무엇인가를 실천하려고 노력합니다.

싱클레어가 계속 사랑에 실패하는 과정조차 개성화의 일부입니다. 베아트리체를 향한 첫사랑은 말 한 번 못 걸어 보고, 정말 숙맥같이 끝나죠. 그런데 싱클레어는 누군가를 사랑하고 그 사랑이 실패할 때마다 성숙해요. 이 점이 헤르만 헤세의 삶과도 좀 비슷합니다. 헤세는 사랑에 정말 많이 실패했지요. 헤세는 사랑에 실패할 때마다 좋은 작품을 씁니다. 희생제의 같은 느낌이에요. 이룰 수 없는 사랑을 할 때마다 헤르만 헤세의 작품은 더 좋아졌어요. 사랑의 실패로부터, 아픈 이별을 통해서 무언가를 배웠기 때문이겠죠. 헤세는 실패하는 그 사랑을 통해서 점점 더 좋은 사람이 됩니다. 싱클레어는 베아트리체를 통해서는 그동안의 나쁜 습관, 술 마시고 고성방가하던 객기와 허세, 이런 것을 다 버리게 돼요. 누군가를 사랑하게 되면, 그 사람을 위해서 더 좋은 사람이 되고 싶어지잖아요. 그 사람에게 어울리는 사람이 되기 위해서 더 좋은 존재, 더 아름다운 존재가 되려는 마음이 솟구치잖아요.

싱클레어는 에바 부인을 통해서는 더 격렬한 감정을 느낍니다. 싱클레어에게 베아트리체가 약간 허무하게 끝나버린 첫사랑의 아련한 그림자 같은 존재라면, 에바 부인은 인생의 사랑이었던 것이지요. 그럼에도 불구하고 아무것도 할 수 없었어요. 단지 친구의 어머니였기 때문만은 아니에요. 너무나 위대한 존재라고 느꼈기 때문이죠. 싱클레어에게 에바 부인은 다가갈 수 없는 존재, 하지만 단 한 번이라도 다가가고 싶은 존재입니다. 싱클레어는 에바 부인의 마음에 조금이라도 가닿기 위해 더 아름답고 훌륭한 존재가 되기로 결심합니다. 결국 싱클레어는 데미안과 에바 부인처럼 살기로 마음먹습니다. 멈추지 않고 끊임없이 개성화의 길을 향해 걸어가지요. 싱클레어가 이렇게 마음먹는 순간 사랑을 이루지 못 하고는 더 이상 중요한 일이 아니게 됩니다. 사랑은 이미 이루어진 거나 마찬가지죠. 그 사람과의 로맨틱한 관계를 이루는 것이 사랑의 본질은 아닙니다. 그 사람을 통해 좀 더 나은 내가 되었다면 이미 사랑은 충분한 역할을 다한 것이니까요.

결국 싱클레어가 데미안처럼 '길의 안내자'가 되어가는 과정, 마침내 싱클레어가 자기 안의 그림자와 춤추는 과정, 그림자를 극복하고 비로소 아프락사스로 찬란하게 비상하는 것이《데미안》의 눈부신 결말입니다.

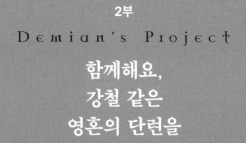

2부

Demian's Project

함께해요,
강철 같은
영혼의 단련을

교감

# 우리는 누구나
# 데미안이 될 수 있어

어느 힘겨운 날, 너무 지치는 날, 차라리 새로운 모험 따위는 모두 그만두고 싶어질 때. 그럴 때 저에게는 '멀리서 반짝이는 불빛' 같은 존재들이 생각납니다.《마지막 왈츠》를 함께 해주신 고<sub>故</sub> 황광수 선생님, 그리고 이렇게 많이 부족하고 여전히 좌충우돌하는 저를 진정 따스한 멘토로 생각해 주는 독자님들. 독자님들 중 자신을 '버려진 들개' 같았다고 묘사하는 아름다운 사람, K가 있습니다. 그는 '버려진 들개'이기에는 너무도 눈에 띄게 사랑스러운 사람이지만 자신의 매력을 잘 알지 못합니다. 제 눈에는 '아직 사랑을 조금 덜 받았을 뿐인, 아주 아름다운 백조'로 보이는 분인데요. K는 자신을 버려진 들개, 핍박받는 미운 오리 새끼처럼 묘사하며 제 마음에 아프게 문을 두드린 사람입니다. 마치 겨울비를 잔뜩 맞아 추위에 떠는 백조 같다고나 할까요. 겨울비를 맞았으니 추운 건 당연하고, 슬픔의 빗물을 잔뜩 맞았으니 본래의 모습을 본인도 알아보기 힘들었을 것입니다. 그런데 그런 K는 놀랍게도 제가 흔들릴 때마다 저를 멀리서 붙잡아 주고 있습니다. 처음에는 저의 도움이 필요한 아주 연약한 사람처럼 보였거든요. 그런데 오히려 지금은 제가 흔들릴 때마다 '내가 K에게 좋은 멘토가 되어야 해, 데미안처럼 강인한 존재가 되어줘야 해'라고 생각하게 해서, 만나지 못할 때조차도 저를 붙들어 주는 역할을 하고 있습니다. K는 자신이 저에게 얼마나 중요한 역할을 하고 있는지 아직도 모른답니다. 이 책을 읽는다면 저의 진심을 알아주겠지요. 맞습니다. K는 저에게 너무도 소중한 '개성화의 도반'이 되어주었습니다.

한 서점에서 '정여울의 데미안 북클럽'을 진행하면서 K는 그곳에서 제 수업을 함께 듣는 모든 사람이 '개성화의 도반'임을 깨달았다고 합니다. '이 세상이 원하는 대로 이끌려 가는 사회화'와 달리 '내면의 자기가 이끄는 목소리를 따라가는 개성화'의 삶은 매우 힘겹습니다. 사회화는 친구 없이도 쉽게 따라 할 수 있는 것이지만(온갖 대세와 유행을 그저 따르기만 하면 되니까요)

개성화를 이루기 위해 우리는 오히려 더욱 간절히 '도반'이 필요합니다. 개성화는 너무 외롭고 힘겨운 길이기에 우리가 넘어지지 않도록, 넘어지더라도 다시 일어설 수 있도록 도와주는 친구들이 필요하지요. 저에게 개성화의 바이블은 《데미안》이었습니다. 개성화의 멘토는 헤르만 헤세와 카를 구스타프 융이었지요. 개성화의 도반은 '저와 함께 데미안을 읽어준 모든 사람', 저의 글쓰기 수업을 들어준 모든 독자님이었습니다. 그렇게 함께 《데미안》을 읽으며, 힘들 때마다 《데미안》의 눈부신 문장들을 떠올리며, 저마다의 가장 아름다운 순간들을 피워내는 사람들이 바로 '개성화의 도반'입니다. '나는 그저 나 자신에게서 우러나오는 삶을 살고 싶은데, 그것이 왜 이토록 어려울까'를 고민했던 모든 사람이 개성화의 도반입니다. '나 혼자 이런 보이지 않는 마음고생에 목메고 있는 것이 아닐까' 의심스러울 때, '그냥 쉽게 쉽게 남들처럼 살면 안 될까'라는 유혹에 시달릴 때, 진정한 개성화의 도반은 멀리서도 이렇게 속삭이는 듯합니다. 당신은 결코 혼자가 아니라고, 우리는 멀리서도 서로의 꿈을 응원해 주는 아름다운 개성화의 도반이라고.

개성화라는 말에 '개성'이 들어가 있다보니 사람들은 많은 오해를 합니다. 개성화가 혼자 할 수 있는 것이라고요. 혼자일수록 더 나을 것이라고 오해할 수도 있습니다. 하지만 개성화는 그런 것이 아닙니다. 개성화의 도반이 있다는 것을 기억해 주세요. 아주 멀리 있을 때도 그 말이 우리를 연결하고 있음을.

어느 날 저는 신간 《감수성 수업》 출간 기념으로 생애 첫 번째 사인회를 준비하고 있었습니다. 나의 에고는 '내 첫 번째 사인회에 아무도 안 오면 어떡하지?'라는 두려움에 시달리고 있었습니다. 뭔가 큰일을 앞두고 있을 때는 우리의 에고가 더 커지나 봅니다. 책을 내는 용기는 있는데 그 책을 위해 사인회를 할 용기는 아직 부족했던 것입니다. 그런데 '마음책방 서가는'에서 저의 온라인 글쓰기 수업을 듣던 독자님들 거의 모두가 시간을 내어 제 사인회에 와주셨습니다. 독자님들은 늘 '셀프의 기쁨'을 강조하면서 '에고의 두려움'을 미처 다 극복하지 못한 제 마음 깊은 곳의 연약함을 알아보셨던 것일까요. K님은 내 마음을 다 안다는 듯이 해맑게 미소 지으며 이렇게 말했습니다. "우리는 개성화의 도반이잖아요." 문득 코끝이 찡해지며 눈물이 날 것만 같았습니다. '우리' 속에 '나와 K님, 그리고 데미안을 사랑하고, 오늘도 어디선가 데미안을 읽고 있는 모든 사람'을 넣고 싶습니다. 살다가 문득 슬픔과 두려움으로 몸을 가눌 수 없을 때, 어떤 지혜로도 나 자신을 구할 수 없을 것 같을 때, 우리 모두 단지 데미안을 사랑한다는 이유만으로도 아름다운 개성화의 도반임을 부디 잊지 말기를 바랍니다.

헤르만 헤세뿐 아니라 헨리 데이비드 소로 또한 저의 개성화의 도반이 되어주었습니다. 개성화를 너무 거창하고 위대한 작업이라고 생각하지 않아도 된다고 위로해 주는 듯한 사람이 헨리 데이비드 소로인데요. 그는 매일의 산책길, 매일의 독서, 매일의 일상이야말로 개성화의 찬란한 기회임을 온몸으로 보여주는 삶을 실천했습니다. 남의 시선을 의식하지 않고 용감하게 숲속에 오두막 하나 지어놓고 2년 2개월이나 '완전한 나의 삶을 살기 위해' 다만 홀로 있기를 선택한 그의 삶이야말로 개성화의 모범답안 같은 삶입니다. 물론 우리 모두 따라 할 수 있는 삶은 아니지만, 마음속에 '월든의 오두막' 한 채쯤 지어놓을 수 있는 상상력이 있다면, 우리는 모두 개성화의 다정한 도반이 될 수 있지 않을까요.

소로의 말 중에서 제가 가장 사랑하는 문장이 있습니다. 꿈을 향해 용감하게 정진하는 사람들에게 커다란 응원이 되어주는 말입니다. 그는 이렇게 말합니다. 꿈을 향해 자신 있게 나아가고, 상상했던 삶을 살려고 노력하면, 기대하지 않았던 평범한 시간에 성공을 만난다는 것이지요. 허공에 성을 지었다고 해도 당신이 실패했다고 할 수는 없습니다. 허공에 성이 있다면, 성이 있어야 할 자리가 그곳일 것입니다. 그 밑에 토대를 깔아놓으면 되니까요. 얼마나 멋진 말인지요. 당신의 이상이 너무 높다고 비난하는 사람들이 있을 것입니다. 당신의 꿈이 너무 크다고 흉보는 사람도 있겠지요. 하지만 정말 부끄러운 것은 너무 커다란 꿈을 꾸는 것이 아니라, 꿈이 이루어지지 않을까 두려워 어떤 꿈도 꾸지 못하는 두려움입니다. 우리가 꿈을 향해 매일 한 걸음 한 걸음 나아간다면, 기대하지 않았던 평범한 시간에, 누구도 예상치 못했던 일상적인 순간에, 우리의 꿈은 이미 이루어져 있을 것입니다.

소로는 그렇게 '기대하지 않았던 순간에, 나도 모르게 점점 진짜 나다움에 다가가는 길'을 알았던 것 같습니다. 개성화의 찬란한 아름다움에 도달해 본 적이 있는 사람들의 공통점이기도 합니다. 이 길이 비록 험난하고 외로울지라도, 타인의 인정을 받기 위해 분투하는 삶보다는 '내가 꿈꾸는 진짜 나'를 향한 길을 포기하지 않는 삶이 소중함을 깨닫는 것. 그것을 위해서는 당신의 꿈을 비난하는 사람들, 당신의 꿈이 너무 크다고 비웃는 사람들에게 상처받지 않을 용기도 필요합니다. 헤세는 작가나 유명인들을 향한 대중의 관심이 자신을 공격하고 있음을 깨닫고 대중들로부터 자신을 철저히 분리하기 위해 애쓴 시간도 있었습니다. 독자 한 명 한 명은 소중하지만, '대중'이라는 커다란 집단 속에는 작가에게 자신의 글을 봐달라며 떼를 쓰는 사람도 있었고, 자신의 글을 칭찬해 달라며 다짜고짜

달려드는 사람도 있었으며, 언제든 꼬투리를 잡아서 작가를 비난하려는 사람들도 있었습니다. 그가 한평생 대도시와 담을 쌓고 지내며 한적한 시골 마을에서 글을 쓰는 삶을 지켜내려 했던 이유도 대중의 지나친 관심 속에서는 진정한 개성화의 길을 걸어갈 수 없음을 알았기 때문일 것입니다.

타인의 시선이 당신을 너무 괴롭힌다면, 아름다운 개성화를 위해 '나를 봉인할 수 있는 용기'를 가져보면 어떨까요. 저는 강의가 없는 날이나 원고 마감이 급하지 않은 날에는 '작가 정여울'이 아니라 '그냥, 아무런 수식어도 필요 없는 나'로 살아가기 위해 노력합니다. 때로는 제 이름조차 거추장스러워 던져버리고 싶을 때가 있습니다. 제 이름 여울처럼 너무 변화무쌍하게 급류를 타는 듯한 삶이 때로는 힘겹기도 합니다. 가끔은 '나다움'이라는 것도 압력처럼 느껴져 던져버리고 싶을 때가 있습니다. 그냥 꾸밈없는 나, '나'라는 최소한의 장벽조차 사라져 버린 그저 '오늘 이 순간의 삶'에 집중해 보려고 주변의 모든 소음으로부터 나를 지켜낼 필요가 있습니다.

그럴 때 영혼의 맨 밑바닥에서 데미안의 속삭임이 들려오는 것 같습니다. 그래, 너는 오늘 드디어 네 자신과 만났구나. 비로소 네 자아를 벗어던지고, '그냥 네 자신'을 지켜낼 수 있었구나. 제 안의 데미안이 어깨를 두드려 주는 듯한 행복한 착시를 느낍니다. 마음의 심해 맨 밑바닥에서 '참된 나'라는 닻을 마침내 찾은 느낌. 그것이 내 안의 셀프와의 만남이고, 내 안의 데미안을 발견하는 기쁨일 것입니다. 당신을 쥐락펴락하려는 모든 권력에 당당하게 맞서세요. 당신을 가스라이팅하려던 모든 사람의 폭력으로부터 당신을 지켜주세요. 당신을 이용하고, 착취하고, 괴롭히려는 모든 사람의 집착으로부터 당신을 멀리 떨어뜨릴 용기가 필요합니다. 우리는 그렇게 비로소 '참나'와 만나게 되고, 그 순간 당신의 마음속에 떠오르는 다정하고도 따사로운 멘토가 데미안이기를 꿈꿉니다.

# 아니무스가 부족한
# 사람을 위한 마음훈련법

어린 시절 "네가 도대체 할 줄 아는 게 뭐냐"라는 어른들의 말에 상처받은 적이 있는지요. 그런 말은 아이의 자신감을 떨어뜨리고, 뭔가를 새롭게 시작하려 할 때마다 자기 안의 장애물이 되어 우리 안의 열정과 용기를 갉아 먹습니다. 주로 엄격한 아버지에게서 많이 듣게 되는 이 무시무시한 트라우마적 언어는 다양한 형태로 성장과정에서 부정적인 영향을 끼칩니다. '내가 정말 이 일을 시작해도 될까. 이번에도 실패하지 않을까. 아버지의 말씀처럼, 난 혼자서는 아무것도 제대로 못하는 인간이 아닐까' 이렇게 생각하게 되지요. 얼마든지 할 수 있는 일 앞에서도 우선 '안 될 거야'라는 내면의 목소리가 들린다면,

우리의 내면은 사악한 아니무스의 지배를 받는 것입니다.

융은 그런 상태를 '반성하지 않는 아니무스의 징후'라고 일컬었습니다. 아니무스란 우리 안의 무의식적 남성성을 가리키는 말입니다. 우리 모두의 과거를 되돌아보면, 그렇게 사람의 기를 꺾는 말들이 얼마나 유해한지를 알 수 있습니다. 하지만 거침없이 타인을 깎아내리는 데 익숙한 사람들은 자신의 소중한 자녀들에게까지 그런 가치관을 주입하고 맙니다. 그런 사람들은 자신도 그런 사악한 아니무스의 영향을 받은 경우가 많습니다.

물론 아니무스가 사악하기만 한 것은 절대 아닙니다. 긍정적인 아니무스가 더욱 중요합니다. 자기 안의 용기와 힘을 일깨워 주는 모든 말은 긍정적인 아니무스에서 비롯됩니다. 저에게 아니무스의 긍정적인 측면을 보여준 말은 제 안의 힘을 일깨우는 멘토들의 응원이었습니다.

이십 대 시절 재능이 부족한 저 자신을 원망하며 자기혐오에 빠져 '나는 왜 이렇게 무능한가'라는 자책을 끊임없이 했던 제게 K선배는 이런 말을 해주었습니다.

"너는 그냥 글쟁이가 아니야. 너는 무시무시한 전사야. 네 글에는 전사의 기개와 용맹이 있어."

그 말은 마치 얼어붙은 제 무의식의 빙산을 깨는 거대한 망치처럼 느껴졌습니다. 그 말이 제 무의식에 잠재되어 있던 어떤 힘을 불러 깨웠습니다. 전사라니, 기개라니, 용맹이라니! 나는 지금까지 나 자신과 그런 강력한 단어들을 연결해 본 적이 없었습니다.

제가 어렸을 때부터 많이 들었던 성격의 단점은 '예민하다, 까탈스럽다, 억세다, 자존심이 지나치게 세다' 등이었습니다. 제가 생각하던 모든 저의 단점을 K선배는 뭐든지 좋은 쪽으로 해석했습니다. 그의 강력한 응원이 제게는 잃어버린 아니무스를 되찾아 주는 촉매가 되었습니다.

"너는 쇠사슬에 묶인 호랑이 같아. 언젠가는 날아오를 거야. 넌 이렇게 좁은 물에 어울리지 않아. 호랑이처럼 저 푸르른 야생의 벌판을 내달려야 해."

그 쇠사슬은 사회가 부과한 관습이나 편견이기도 했지만, 제가 스스로 뒤집어씌운 초자아의 굴레이기도 했습니다. 제가 여자라서, 딸들 사이에서만 자라서, 게다가 고분고분하거나 수더분하지 않아서, 저를 못마땅하게 여기던 사람들의 '지적질'을 강하게 쳐내지 못하고, '내가 원래 문제가 많은 사람인가 보다'라고 받아들였던 것입니다.

한 선배는 제 기를 살려준답시고 이런 말을 했습니다.

"너는 겉모습만 여자이지 속은 남자 같아. 무시무시한 힘과 용기로 똘똘 뭉친."

저는 웃으면서 그 말의 긍정적인 측면만 받아들였습니다. 남자가 되고 싶지는 않았거든요. 여자인 나 자신을 있는 그대로 받아들이고 싶었습니다. 내 안의 여성성을 간직하면서 무의식에 억압된 남성성, 즉 나만의 아니무스를 키워보고 싶었습니다.

융의 제자였던 마리 루이즈 폰 프란츠는 인간에게 억압된 무의식적 남성성, 즉 아니무스의 형태를 네 가지로 나누어 설명했습니다. 첫째, 완전히 육체적인 강인함을 지닌 아니무스. 예를 들면 타잔이나 수많은 남성 스포츠 영웅들이 그런 아니무스의 사례입니다. 둘째, 로맨틱한 남성 아니무스. 이런 낭만적인 남성성은 음악가나 시인, 작가에게서 자주 나타납니다. 《노인과 바다》를 쓴 헤밍웨이처럼 평생 낭만과 열정을 잃지 않은 작가가 대표적인 사례입니다. 바이런이나 셸리처럼 낭만과 열정을 노래한 시인들도 포함됩니다. 셋째, 말씀의 전달자로 나타나는 아니무스. 위대한 정치 연설가, 예컨대 마틴 루터 킹 같은 사람이 지닌 강력한 카리스마입니다. 마지막 아니무스는 영적 진리를 깨닫게 해주는 현명한 안내자 유형인데 마하트마 간디가 대표적 사례입니다. 어떤 아니무스가 가장 매력적으로 다가오는지요. 당신이 가장 끌리는 아니무스가 어쩌면 당신의 무의식이 꿈꾸고 있는 남성성의 단계를 가리키는 것일 수도 있습니다.

첫 번째 아니무스는 슈퍼맨이나 아이언맨처럼 강력한 파워를 지닌 남성 카리스마를 가리키고, 두 번째 아니무스는《로미오와 줄리엣》의 로미오처럼 달콤하고 낭만적인 매력으로 여성을 사로잡습니다. 세 번째 아니무스는 카이사르나 키케로처럼 명연설로 대중의 이목을 사로잡는 강력한 카리스마를 보여주는 정치적 지도자들을 떠올리게 합니다. 강력한 언어와 무소불위의 권력이야말로 이 세 번째 아니무스의 힘입니다. 네 번째 카리스마는 아니무스의 완성된 형태라고 볼 수 있습니다. 수많은 대중을 더 나은 방향으로 이끌 수 있을 정도의 능력을 갖췄으면서도 타인 위에 군림하지 않고, 권력을 탐하지 않는 기품이 있어야, 간디처럼 완성된 인격의 주인공이 되지 않을까요.

저에게는 이 모든 아니무스가 부족하지만, 마하트마 간디 같은 인물이 가장 이상적인 존재로 느껴집니다. 간디를 생각하면 그의 '변화를 향한 강력한 의지'와 '권력을 탐하지 않는 소박함과 고결함'이라는 말들이 떠오릅니다. 그는 소유욕을 경계했고, 권력을 향한 탐욕도 경계했습니다. 그런 아니무스는 이 세상에서 매우 귀한 것이지요. 많은 사람은 권력을 탐하고, 일단 권력을 손에 쥐기만 하면 타락하거나 더 큰 권력을 쥐려 하기 때문입니다. 우리 안의 부정적인 아니무스를 정직하게 대면하고, 보다 창조적이고 긍정적인 아니무스를 끌어내는 것은 개성화의 가장 중요한 과제이기도 합니다. 당신의 숨은 아니무스는 당신에게 무엇이라고 속삭이나요. 그 목소리를 듣기 시작한다면, 자기 안의 그림자와 통합하는 개성화의 여정 또한 비로소 시작될 것입니다.

나에게 부족한 아니무스를 찾아내고 그것을 개발하는 것이 '그림자를 통합하는 것'이라고 할 수 있습니다. 그림자를 통합하는 것은 무의식에 억압된 어둡고 슬픈 감정들이 지닌 에너지를 의식의 밝은 빛으로 꺼내어 그 숨은 에너지가 밖으로 표현될 수 있도록 도와주는 것입니다. 그렇다면 제 삶에서 부족한 아니무스는 무엇일까요.

첫째, 저는 단호하게 거절하는 법을 몰랐습니다. 이것은 저처럼 내성적인 사람에게는 끊임없는 연습을 통해서 훈련해야 하는 대화의 기술이기도 했습니다. 일단 전화를 받으면 마음이 약해지기 때문에 저는 이메일로 연락을 돌립니다. 이메일로 정중하고 예의 바르게 '내가 하기 어려운 일'을 거절하는 훈련을 했습니다. 부정적인 감정이 남지 않게, 앞으로도 좋은 관계를 맺을 수 있음을 시사하면서, 우아하고 사뿐하게 거절하는 것은 쉽지 않았지만, 해를 거듭할수록 거절의 기술은 조금씩 나아졌습니다. 거절의 기술이 중요한 이유는 '내 삶을 내가 통제할 수 있다'는 믿음이 삶에서 매우 필수적이기 때문입니다. 타인의 요구에 휘둘리는 상태로는 내 삶의 운전대를 제대로 제어할 수 없기 때문입니다.

둘째, 제게 부족한 또 다른 아니무스는 하나의 뜻을 세우고 그 뜻을 향해 끝까지 매진하는 저돌성이었습니다. '안 되면 안 하고 말지, 언제든 생각대로 안 될 수도 있다'는 나약한 마음으로는 무언가를 끝까지 해낼 수가 없습니다. 저에게 부족한 세 번째 아니무스, 그것은 몸싸움의 기술입니다. 여기에는 경쟁의 뚝심, 끝까지 살아남는 용기, 몸싸움에서 밀리더라도 포기하지 않는 끈기, 그 모든 것이 포함됩니다. 이 세 가지 아니무스 에너지를 키우기 위해 저는 힘들 때마다 제 안의 스파르타 전사 같은 상상의 이미지를 만들어서 그 이상적 셀프 이미지에 맞추어 저를 강하게 단련시키곤 했습니다. 신화 속 바리데기처럼 슬픔의 끝까지 걸어갈 에너지를 본받기도 했고, 아테네 여신처럼 다른 강력한 남성 신들에게 밀리지 않는 지혜와 용기를 배우고 싶기도 했습니다. 마음속에서 더 높은 나the higher self, 눈에 보이는 사회적 자아보다 훨씬 지혜롭고 강력한 또 하나의 나를 만드는 훈련을 하며 매일 조금씩 고통을 이겨내는 마음의 기술을 연마합니다. 우리 안의 무의식은 일종의 거대한 에너지의 장이기에 언젠가는 이 무의식의 그림자가 의식의 실천과 적극성으로 통합되기를 기다리고 있습니다. 수십 년 동안 쌓이고 쌓인 슬픔이나 원한이 당신 안에 똬리를 틀고 있다면, 그 깨달음의 순간 당신은 당신 안의 숨은 아니무스를 꺼내어 좀 더 용감하게, 좀 더 적극적으로 자기 안의 잠재력을 실험할 기회를 찾은 것입니다. 내 안의 아니무스가 힘차게 용솟음치는 순간. 마침내 나 자신의 진짜 재능을 발휘할 시간이 도래한 것입니다.

# 아니마가 부족한 세상,
# '슈퍼카'를 꿈꾸는 에고를 뛰어넘어

고성능 스포츠카가 대로 위를 질주하며 커다란 굉음을 낼 때, 사람들은 눈살을 찌푸립니다. 한밤중의 침입자 같은 그 날카로운 굉음이 너무 고통스럽기 때문입니다. 도대체 왜 그런 끔찍한 소리를 내는 거냐고 주변 사람들에게 물어보니, 자신이 좋은 차를 타고 있다는 사실을 과시하고 싶기 때문이라고도 하고, 속도와 굉음 자체를 즐기는 것이라고도 합니다. 하지만 그렇게 멋있어 보이기 위해 하는 행동이 실은 전혀 멋지지 않다는 것을, 그들은 정말 모르는 걸까요. 심리학에서는 이런 돌출적인 행동의 원인을 '거대자기'의 폭발로 봅니다. 눈에 보이는 자아의 모습을 거대하게 부풀려 사실은 속상한 자아, 슬픈 자아, 스트레스로 가득한 자아를 숨기려는 것입니다. 하지만 우리 마음 깊은 곳의 또 다른 나, 셀프는 알고 있습니다. 이런 욕망의 대체제로는 '내가 진짜로 원하는 것'을 대신할 수 없다는 것을. 우리가 가장 원하는 것들은 반드시 힘겨운 투쟁을 통해서만 얻어낼 수 있다는 것을.

값비싼 스포츠카나 화려한 고가품으로 '사실은 괜찮지 않은 나'를 감추려는 기획은 자아의 방어기제입니다. 그런데 우리 마음 깊은 곳의 '진짜 나'는 이런 속임수에 넘어가지 않습니다. 융 심리학자인 로버트 존슨은 이런 사람들에게 '자기 안의 아니마를 찾을 것'을 주문합니다. 《내 안의 여성성 마주하기》(이주엽 옮김, 동연, 2023)라는 책에서 로버트 존슨은 남성성을 강조하는 스포츠 용품이나 고속차량으로는 남성의 진정한 갈망을 충족시킬 수 없다고 보았습니다. 남성들은 무의식 속에서 잃어버린 어머니의 따스한 모성을 대체할 무언가 강력한 상징을 찾는데, 그것이 주로 자동차나 스포츠 용품, 게임 기계 같은 것으로 대체된다는 것입니다. 하지만 그런 상품으로는 잃어버린 모성을 되찾을 수 없지요. 어머니 콤플렉스를 극복하기 위해서는 자기 자신이 데미안처럼 강해져야 합니다. 데미안은 어머니인 에바 부인을 사랑하고 존경하지만 그녀에게 기대지 않습니다. 과거의 미국문화에서는 카우보이를 가장 씩씩한 남성의 상징으로 보았다면, 현재 우리 문화에서는 '슈퍼카'를 소유한 '영앤리치'를 대단한 남성의 상징으로 봅니다. 그러나 이런 외적인 성취만으로는 진정한 자기 자신으로 이르는 길에 다다르지 못합니다. 소비는 상품을 소유하는 것일 뿐 타인의 영혼과 진정으로 교감하는 길이 아니기에. 우리는 타인과 진심으로 교감하고, 자신이 원하는 것을 진솔하게 말할 수 있는 대상을 찾을 수 있을 때 비로소 편안함을 느끼고 '나다움'에 가까워질 수 있습니다. 이렇게 욕망의 무한질주를 향한 충동을 내려놓고, '불안하지 않은 나', '타인을 보살필 수 있는 나'로 돌아올 수 있게 만드는 힘이 '아니마'입니다. 영화 〈쇼생크 탈출〉에서 주인공 앤디는 아내를 죽였다는 누명을 쓰고 감옥에 갇혀 온갖 괴롭힘에 시달립니다. 모든 방법을 다 써봐도 누명을 벗을 길이 없자 탈출을 시도하게 됩니다. 하지만 그는 혼자만 탈출하지 않아요. 감옥 안의 다른 죄수들이 '사람답게 살 수 있는 길'을 찾습니다. 도서관에 수많은 책을 구비해서 죄수들이 문학의 아름다움을 느낄 수 있게 해주고, 모차르트의 오페라를 감옥 전체에 울려 퍼지게 하여 사람들에게 뜨거운 감동을 줍니다. 우리는 그저 무력하게 갇힌 존재가 아니라 문학의 감동과 음악의 힘을 느낄 수 있는 따스한 존재임을 깨닫게 해주는 것입니다. 혼자만 탈출하는 것이 훨씬 쉬운 '충동'이지만, 그런 충동에 그치지 않고 '우리' 모두가 함께 더 나은 삶을 살아가는 길을 택하지요. 이것이 충동을 아니마로 승화시키는 아름다운 사례입니다. 아니마는 존재의 높낮이나 권력보다는 관계의 따스함을 생각하는 지혜로움입니다. 나의 필요에만 집착하지 않고 '타인이 무엇을 간절히 원하는가'를 바라볼 줄 아는 혜안이기도 합니다.

우리는 끝없이 더 소유하고, 끝없이 더 높이 올라가는 것만으로는 행복해질 수 없습니다. 때로는 〈앤트맨〉의 재닛(미셸파이퍼)처럼 수많은 사람을 구하기 위해 한없이 작아질 용기가 필요합니다. 〈앤트맨〉에서 재닛은 원자폭탄으로부터 인류를 구하기 위해 자신은 원자보다 더 작아져 현실 세계에는 보이지 않는 입자의 세계로 사라져 버렸습니다. 이런 사랑, 이런 책임감, 이런 따스함이야말로 '우리 안의 아니마'가 추구하는 이상향입니다. 전쟁이나 폭력으로는 결코 세상을 가질 수 없습니다. 세상은 가지는 것이 아니라, 사랑과 이해와 공감으로서 함께 존재하는 길을 찾아나가는 과정을 배우는 거대한 학교가 되어야 하지 않을까요. 저마다 권력과 재산을 놓고 지칠 줄도 모르는 싸움을 벌이는 사람들 때문에 괴로울 때마다, 나는 '내 안의 아니마'에게 길을 묻습니다. 제 안의 에바 부인, 제 안의 데미안에게 길을 묻는 것이기도 하지요. 이제 어떻게 해야 하지? 나도 저런 싸움에 끼어들어야 하는 거야? 이런 어리석은 질문을 하면 아니마는 환하게 웃으며 대답합니다. 넌 그것보다 훨씬 크고 깊은 존재야. 더 이상 더 많이 가지고 더 높이 올라가기 위해 '진짜 너 자신'을 잃어버리지 마. 어떻게 하면 더 나은 사랑, 더 깊은 공감, 더 따스한 연대의 삶에 다다를지 고민해 보렴. 아니마는 그렇게 세속적 욕망에 휘둘리기 쉬운 우리의 자아를 향해 따스한 위로의 손길을 보내줍니다. '나는 부족해'라는 생각 때문에 당신 안의 콤플렉스가 스스로를 공격한다면, 당신 안의 가장 깊고 따스한 아니마에게 길을 물어보기를 바랍니다. 당신은 분명 당신이 상상하는 것보다 훨씬 따스하고 사려 깊고 지혜로운 아니마를 이미 자기 안에 지니고 있을 터이니. 세상을 소유하려 하지 말고 당신 자신을 온 세상을 향해 선물하기를.

탐사

# 나는
# 상처 입은 새

에바 부인은 오랫동안 방황하며 길을 찾아온 싱클레어에게 이런 말을 합니다.

"그 길이 그토록 힘들었나요? 그저 힘들기만 했을까요? 그 길은 또한 아름답지 않았는지요?"

꿈 하면 무엇이 가장 먼저 떠오르나요. 저는 '해몽'이라는 단어가 제일 먼저 떠오릅니다. 저도 신발을 잃어버린 꿈을 꾸고 기분이 너무 안 좋아서 인터넷을 찾아본 적도 있답니다. 하지만 놀랍게도 그렇게 보편적인 해몽은 프로이트나 융 심리학과 전혀 상관이 없었습니다. 돼지 꿈을 꾸면 복권이 당첨된다거나 이가 빠지면 주변 사람이 죽는다는 해몽은 프로이트나 융과는 아무 상관이 없었습니다. 이런 대중적인 해몽과는 전혀 상관없는 것이 '꿈 분석'입니다. 해몽과 꿈 분석은 전혀 다릅니다. 해몽은 그 사람의 현재 상태와 상관없이 절대적인 해몽 방식이 존재합니다. 융의 꿈 분석은 같은 신발 꿈을 꾸어도 열 사람이면 열 개 이상의 서로 다른 해석이 가능합니다. 그 사람의 상황과 현재의 고민에 따라, 그 사람이 꿈꾸는 개성화의 지도에 따라 전혀 다른 꿈 분석을 할 수 있지요.

융의 꿈 분석에서 특히 감동적이었던 대목은 '나쁜 꿈은 없다'고 보는 거예요. 모든 꿈이 나를 돕는다고 보는 것입니다. 그렇게 생각하니 저의 마음에 비로소 해방이 찾아왔습니다. 가위눌림이나 악몽을 두려워할 필요가 없어지는 거예요. 그 악몽조차, 그 가위눌림조차 내가 나를 구하기 위한 구조신호였음을 이해하게 된 것이지요. 그래서 저는 융에게서 한 걸음 더 나아가, '꿈 분석'에 더 커다란 의미를 부여해 보기로 결심했습니다. 이렇게 생각했습니다. 무의식은 언제나 나의 편이기 때문에, 이 세상 모두가 나에게 등을 돌려도 무의식만은 끝내 나의 편이기 때문에, 무의식이 만들어 낸 꿈의 이미지는 결코 우리를 버리지 않아요. 저는 꿈을 분석한다는 것은 내가 나를 구하기 위해 과연 무엇을 할 것인가를 간절하게 찾는 행위라고 생각합니다. '행여나 나쁜 일이 일어날까' 걱정하고, '혹시나 좋은 일이 일어날까' 요행을 바라는 불안한 마음과 작별하고, '나는 과연 나를 구하기 위해서 무엇을 할 것인가'라는 사유로 이동해 나가는 것. 저는 그것이 꿈을 분석함으로써 우리가 얻을 수 있는 궁극적인 사유의 열매라고 생각합니다.

꿈은 복잡한 페르소나의 겉치장에 가려 보이지 않던 우리 내면의 수많은 가능성과 잠재력을 보여줍니다. 저의 강의를 들으시는 분이 어느 날 꿈 이야기를 해주셨어요. 사랑하는 사람과의 결혼을 어른들이 모두 반대하던 시절이었다고 합니다. 창밖에서 엄청난 새떼가 몰려와 창을 쪼아대며 금방이라도 창문을 부술 것 같았는데, 그중 한 마리가 유독 눈에 띄어 자세히 보니 다친 새였습니다. 엄청난 새떼가 마침내 창문을 깨고 들어와 그녀는 미친 듯이 도망치기 시작했지만, 그 새를 품에 꼭 안고 도망쳤다고 해요. 그리고 숨 막히는 추격전 끝에 마침내 그 다친 새와 자신의 몸을 숨길 수 있는 비좁은 다락방 같은 곳을 발견해 무사히 숨을 수 있었다고 해요. 저는 이 꿈을 듣자마자 이렇게 말했습니다. "정말 아름다운 꿈이네요." 저는 본능적으로 그녀가 사랑하는 사람을 지켜냈을 것이라는 생각이 들었습니다. 새떼가 '진정한 사랑을 방해하고 공격하는 세상 사람들'로 보였지요. 그녀가 반드시 지키고 싶은 그 사람이 '상처 입은 새'로 보였습니다. 두 사람의 사랑은 어떻게 되었는지 물어보았습니다. 십여 년 전의 꿈 이이야기였습니다. 다행히도 두 사람의 사랑은 마침내 이루어져 지금도 알콩달콩 잘 살아가고 있다는 기쁜 소식을 전해들었습니다. 저에게는 그 꿈이 사랑을 지키기 위해 자신이 다칠 위험까지 감수하는 한 여성의 눈물겨운 투쟁의 이야기로 다가왔습니다.

그런데 다음 날 자고 일어나니 그 꿈은 조금 더 '커다란 이야기'로 느껴졌습니다. 이것은 융이 말하는 '개성화'에 대한 꿈이라는 생각이 들었습니다. '상처 입은 새'는 단지 그녀가 지키고 싶었던 사람이 아니라 '온 세상의 공격으로부터 반드시 지켜내야 할 우리의 꿈'이라는 생각 말이에요. 단지 사랑 이야기가 아니었던 것이지요.

'상처 입은 새'는 우리가 지켜야 할 꿈, 희망, 사랑 그리고 삶 자체가 아닐까요. 사랑은 단지 한 개인을 향하기만 하는 것이 아니라, 이 세상을 향한 사랑이 아닐까요. 그녀의 꿈이 너무 아름다운 나머지, 그 꿈속 세상으로 여행을 떠나고 싶어졌습니다. 공포와 위험 속에서도 마침내 자신이 가장 사랑하는 것을 지켜낸 그녀의 용기를 응원해 주러 말입니다. 아름다운 꿈은 우리의 개성화를 촉발합니다. 새떼는 어쩌면 바깥세상의 험담이나 스캔들을 가리키는 것만이 아니라 '쉬지 않고 두려움을 주입하는 나의 에고'일 수도 있습니다. 부모님은 끝까지 내 사랑을 용납해 주지 않을 거야, 우리를 응원하는 사람은 아무도 없어, 우리를 이어주는 끈은 단지 내 마음뿐인데 내가 과연 이 사랑을 지켜낼 수 있을까. 이런 식으로 끊임없이 나를 괴롭히는 또 다른 나의 생각들이 에고의 위협이지요. 그런 시끄러운 에고의 공격에 맞서 셀프는 마침내 '폭풍우 속의 피난처'를 찾아낸 것입니다. 다들 끝까지 반대하라 그래. 난 끄떡없어. 난 그 어떤 상황 속에서도 내 사랑을 지킬 수 있어. 꿈속의 셀프는 이렇게 말한 것이 아닐까요.

꿈속의 '집'은 나의 의식과 무의식 전체를 합친 '나'라는 거대한 우주 자체가 아닐까 싶습니다. 그 '집=나'를 공격하는 단지 바깥세상의 험담만이 아니라, '나를 지킬 수 없는 나의 에고'일 수도 있겠지요. 셀프는 마침내 은신처를 찾아낸 것입니다. 내 마음의 중심, 내 우주의 중심이라는 또 다른 안식처 말이지요. 세상 가장 후미진 곳이라도 좋으니, 가장 작고 소박한 장소라도 좋으니, 내 사랑, 내 꿈, 내 희망이 숨 쉴 수 있는 곳은 반드시 있을 것입니다. 그것이 우리들의 셀프, '나'라는 우주 전체의 베이스캠프지요. 폭풍우가 몰아치면 나뭇잎과 가지들은 세차게 흔들리지만, 뿌리만은 그대로인 것처럼요. '나'라는 존재가 나무라면 내 존재의 뿌리는 에고가 아니라 셀프니까요. 내 안의 셀프는 그 어떤 외부의 위협에도 결코 무너지지 않을 힘을 지녔으니까요.

그 셀프의 뿌리를 단단하게 해주는 것이 '잘 보낸 하루'입니다. 일상을 눈부신 예술작품으로 승화시키는 용기. 하루하루를 마치 공들여 빚어낸 도자기처럼 세심하고 정성스럽게 가꾸는 바지런함. 그것이 우리들의 셀프를 단단하게 다지는 내면의 흙, 무의식의 간절한 응원, 우리가 먹고 만지고 듣고 읽고 말하는 모든 것입니다. 당신은 오늘 당신 내면의 나무에 어떤 자양분을 주었나요. 저는 카프카의 한 문장, 비 갠 뒤 하늘에 뜬 무지개 한 조각, 친구의 생일을 축하하는 다정한 마음 한 스푼, 첼로 선생님과 함께 연주한 바흐의 〈아리오소〉 한 소절을 넣어보았습니다. 제 개성화의 나무가 무럭무럭 자라는 느낌에 뿌듯해집니다. 당신 내면의 나무에 이름을 붙여주세요. 당신이 가장 동경하는 꿈, 오랫동안 열정의 물을 주어온 꿈, 어쩌면 한 번도 제대로 쓰다듬어 보지 못했던 사랑의 꿈을 향해, 부디 아름다운 나무의 이름을 붙여주세요. 지금까지 한 번도 소리 내어 불러보지 못했던 제 무의식의 이름은 '아프락사스의 나무'입니다. 이제부터 저도 내면의 나무에 자주 물을 주고, 따스한 손길을 주고, 관심과 애정의 미소를 보내주려 합니다.

# 그림자가
# 나를 도울 때

융은 자신의 저서 《아이온》(1951)에서 이렇게 말한 적이 있습니다. "뿌리가 지옥에 닿지 않는 나무는 천국까지 자랄 수 없다." 융에게 삶은 항상 뿌리줄기에 의지해 살아가는 식물처럼 보였습니다. 진정한 생명은 보이지 않는 뿌리줄기에 숨어 있으니까요. 땅 위로 드러나는 부분은 한여름 동안만 지속되지만, 땅속에 깊이 드리운 뿌리는 한겨울에도, 보이지 않는 곳에서도 튼튼하게 자라고 있지요. 뿌리가 지옥에 닿지 않는 나무는 천국까지 자랄 수 없다는 융의 말에서, 그 나무는 우리의 마음을 가리키는 말이기도 해요. 그래서 마음이 위로만 자라는 존재가 아니라는 것. 인간이란 존재는 위로만이 아니라 아래로도 성장하는 존재라는 깨달음을 주지요. 그런데 여기서 '아래로 자란다'는 대목이 무의식을 가리키는 거예요. 인간은 무의식까지 계속 자라기 때문에 우리의 성장은 겉으로 드러나는 것만으로는 측정이 안 된다는 것이지요. 계속 우리도 모르게 자라고 있는 부분이 바로 무의식입니다. 그런데 우리가 문학이라는 물을 주면, 심리학이라는 물을 주면, 그리고 더 나은 사람과의 만남이라는 물을 주면, 그 뿌리가 더 잘 자라는 나무가 무의식이라는 것입니다. 그렇다면 우리는 우리의 무의식을 더욱 아름다운 나무로 가꾸기 위해 더 좋은 책, 더 좋은 사람, 더 좋은 경험을 우리 삶으로 초대해야겠지요.

정말 뿌리가 지옥까지 닿을 정도로 우리 무의식의 나무가 정신 깊이 뻗어갈 때 우리의 삶은 더 아름답고 풍요롭게, 강인하고 지혜롭게 계속 개성화될 수 있다는 것을 기억해 두시면 좋겠습니다. 이것은 융 심리학의 이야기이기도 하지만 우리가 모든 문학작품을 해석할 때도 도움이 되는 말입니다. 우리가 한 그루의 나무라면 위로만 자랄 것이 아니라 아래로도 자라야 한다는 것. 그 아래로 자라는 것은 무의식을 가리킨다는 것을 기억해 주세요. 그렇다면 '나를 돌본다'라는 것은 '무의식을 돌본다', '그림자를 돌본다'라는 의미도 포함하는 것이 아닐까 싶습니다. 그렇다면 무의식을 돌본다는 것, 그림자를 돌본다는 것은 어떤 의미일까요.

무의식을 돌본다는 것은 꿈이나 몽상까지도 소중히 여기는 삶의 태도라고 생각합니다. 그림자를 돌본다는 것은 트라우마를 밀쳐내지 않고 소중히 보살피고 치유하려고 노력하는 태도지요. 우리 무의식 깊숙이 숨어 있는 트라우마는 우리의 의식이 자신을 제발 돌봐주기를 바라지 않을까요. 내 아픈 무의식의 그림자가 미소 짓는 순간이 느껴질 때가 있어요. 내가 트라우마를 밀어내지 않고 소중히 돌보기 시작할 때, 나는 더이상 '상처 입었던 그 자리 한가운데서 홀로 서 있는 가여운 존재'가 아님을 깨달을 때 치유는 시작됩니다. 그럴 때는 정말 내그림자가 나를 돕는 것 같은 느낌이 들어요. 그 상처를 돌보기시작할 때 창조성과 잠재력은 마치 물 찬 제비처럼 힘차게 날아오르기 시작합니다. 트라우마의 깊은 퇴적층을 뚫고 마침내내 무의식의 동굴에서 최고의 원석을 발견하는 느낌이지요. 나는 이런 글을 쓸 때 행복해지는구나, 나는 그림자를 보살피는 글을 쓸 때 가장 빛나는구나, 이런 깨달음을 얻을 때 내 그림자는 비로소 미소 짓기 시작합니다.

그림자를 잘 돌보는 사람은 결국 그림자의 친구가 됩니다. 상처조차 나를 돌보는 경지에 다다를 수 있어요. 내가 상처를 돌보면, 언젠가는 그 상처가 나를 돌보기 시작해요. 내 상처로 이루어진 그림자와 춤을 춰도 될 정도로, 심지어 그 춤이 아름다울 수 있도록, 우리는 그림자와 파트너가 될 수도 있어요. 트라우마가 매우 깊은 사람인데도 그 트라우마로 인해 무너지지 않은 사람이 될 수 있어요. 너무 쾌활해서 '그 사람에게 그런 상처가 있는 줄 몰랐다'는 말이 나올 때가 있지요. 그림자가 그 사람의 명랑함을 빼앗지 못한 거죠. 상처가 아주 많은 사람인데도 그 상처로 인해 무너지지 않은 사람, 상처의 엄청난 무게에 결코 짓눌리지 않은 사람, 상처를 핑계대지 않고 당당하게 극복하고 찬란하게 나아가는 사람이 그런 용감한 사람이지요. 매순간 자신의 그림자와 가벼운 왈츠를 추듯, 그렇게 상처의 무게에 짓눌리지 않고 상처와 소통하는 사람이 비로소 그림자와의 싸움에서 승리한 사람입니다.

# 당신의 트라우마를
# 돌보는 방법

'존중'은 훈련이 필요한 마음가짐입니다. '나 자신의 그림
자'를 향해서도 가져야 할 마음이기도 해요. 여러분은 자신의
상처를 존중받아 본 적이 있나요? 저와 지금까지도 인연을 맺
고 있는 사람들의 공통점은 나의 결핍이나 부족함까지도, 슬
픔이나 우울까지도 있는 그대로 인정해 주고 받아준다는 점입
니다. 그런 친구를 만나는 것은 결코 쉽지 않습니다. 아무리 친
구 사이더라도 상대방의 콤플렉스나 트라우마를 보면 피하려
는 사람들이 의외로 많습니다. 일단 본능적으로 두려운 것이
지요. 그리고 상처의 당사자도 자신의 상처를 부끄러워하며 숨
기게 되니까요. 하지만 정말 오래 지속되는 관계에서는 다릅니

다. 나의 트라우마, 나의 가장 어두운 그림자까지 있는 그대로 긍정해 주는 사람이야말로 진정한 친구나 연인이 될 자격이 있는 것이 아닐까요. 그 사람의 멋진 면만 가지려 한다면, 그야말로 에고이스트의 반쪽뿐인 사랑에 지나지 않을 것입니다.

　그런데 상처는 참으로 이상하게도 '받은 사람'은 난데, 부끄러운 사람도 내 쪽이라는 생각이 들지요. 내가 잘못한 것이 아닐 때도 수치심은 나에게로 돌아옵니다. 그럴 땐 한 번 생각이 흘러가는 대로, 주인 없는 돛단배처럼 둥둥 떠다니게 잠시 내버려 두는 것도 방법입니다. 그러다 보면 '아, 그건 내 잘못이 아니었구나, 나에게 상처를 입힌 사람이 잘못한 것을, 나는 엉뚱하게도 내 탓을 하고 있었구나'라는 제대로 된 현실인식으로 돌아오게 됩니다. 나의 감정과 의식이 마음껏 생각하도록 자유를 주는 것이지요. 그것도 우리의 마음을 건강하게 하는 방법 중 하나예요. 말하자면 우리 마음을 한껏 놀게 하자는 겁니다. 마음이 계속 일만 하는 상태, 그것도 계속 부정적인 감정에만 집착하는 상태가 힘든 상황입니다. 자기혐오적 상태지요. 자기혐오에 빠져서 '내가 왜 그랬을까', '도대체 왜 그랬을까', '내가 미쳐가는 것 아닐까'라고 계속 반복해서 질문하는 것이지요. 이런 생각은 맹독성을 띠고 우리의 정신을 망쳐버릴 수 있어요. '왜 내가 한 선택들은 다 내 인생에 도움이 되지 않았을까'라는 식으로 자신에게 벌주는 마음을 멈춰야 합니다.

물론 앞서 개성화에 관한 대목에서 조금 언급했지만, 제가 바이올리니스트 클라라 주미 강을 정말 좋아하는데요. 두 살 때 바이올린을 시작해 네 살 때 만하임 음악학교에 역대 최연소로 입학했고, 어린 나이에 줄리아드 스쿨에도 전액 장학생으로 들어갔지요. 두 살 때부터 신동 소리를 듣고 자라왔던 그녀는 세계적인 지휘자 다니엘 바렌보임과의 협연을 앞두고 있었어요. 그 협연이 이루어졌다면 아마 그녀는 열두 살 때 최고의 바이올리니스트 반열에 이미 올라갔을 겁니다. 그런데 그 역사적인 협연을 앞두고 손가락을 크게 다쳤다고 해요. 친구들과 농구하다가 새끼손가락을 심하게 다쳐서 수술을 두 번이나 했다고 합니다. 무려 3년 가까이 바이올린을 연주하지 못했다고 합니다. 바이올리니스트로서 너무 치명적인 부상이었지요. 독일의 의사는 '다시는 바이올린을 연주할 수 없다'고 말했다고 합니다. 그런데 클라라 주미 강은 그 어린 나이에 이렇게 생각했다고 합니다. 새끼손가락을 다쳤을 뿐이지 나머지 다른 손가락들은 괜찮다고. 하지만 1년만 더 노력해 보고, 정말 안 되면 그때는 포기하자는 마음도 있었다고 해요. 그런데 엄청난 재활훈련으로 손가락 부상은 기적적으로 회복되었고, 클라라 주미 강은 자신이 진짜 좋아하는 것이 바이올린을 연주하는 삶이라는 것을 깨달았습니다. 어릴 때는 부모님이 성악가고 언니 오빠들도 악기를 연주하니까 자연스럽게 음악을 하는 삶에 동화되었는데, 손가락을 다치고 나서야 '바이올린을 연주할 수 없는 시간'이 되니 비로소 진정으로 자신이 무엇을 원하는지 깨닫게 된 것이지요. 저는 이런 순간이 '블리스를 깨닫는 시간'이라고 느껴요. 내가 가장 강렬하게 원하는 것이 무엇인지를 깨달음으로써 트라우마가 극복되는 시간이기도 합니다. 나중에 클라라 주미 강의 아버지가 담당의사 선생님께 우리 딸의 부상이 다 치료되었다고 말하니 의사는 정말 '기적'이라고 말했다고 합니다. 의사들이 '기적'이라고 말하는 것은 의학적으로 설명하기 힘든 극복의 순간을 의미할 때가 많지요.

싱클레어가 크로머의 괴롭힘으로 인한 트라우마에서 벗어나는 것도 이렇게 '상처 입은 사람'이 '상처를 치유하는 사람'으로 변신하는 아름다운 과정을 통해서 가능해집니다. 싱클레어는 '나는 크로머로부터 벗어날 수 없을 거야'라는 생각으로 괴로워하다가 데미안이라는 멋진 친구를 만나게 되고, 데미안이 자신의 두려움을 진심으로 이해하고 공감해 주자 비로소 '나는 혼자가 아니구나'라는 깨달음을 얻게 됩니다. 가족에게도 선생님에게도 말할 수 없었던 두려움과 아픔을, 처음 보는 전학생 데미안은 이해해 주었던 것입니다. 도움을 청할 용기, 그것마저 남아 있지 않았던 연약한 소년 싱클레어에게 데미안은 마치 아무 일도 아니라는 듯이 티 나지 않게 크로머를 싱클레어에게서 영원히 떼어냅니다. 더 이상 무시무시한 크로머의 휘파람 소리가 들리지 않자, 싱클레어는 마침내 '자기 자신'으로 돌아오게 되지요. 싱클레어는 결국 타인을 구할 수 있는 사람, 누군가를 도울 수 있는 사람, 더 많은 일을 혼자 해낼 수 있는 성숙한 존재로 변신하게 됩니다.

이렇게 트라우마는 수동성에서 적극성으로 변하는 순간 나아지기 시작합니다. 나는 상처 입은 사람, 아픈 사람, 꿈을 빼앗긴 사람이라는 자기 인식에서 벗어나 '나아지는 사람, 매일 한 걸음씩 좋아지는 사람, 언젠가는 이 모든 아픔을 견뎌내고 나만의 꿈을 펼칠 사람'이라고 생각하게 되는 순간, 트라우마는 극적으로 치유되는 것이지요.

여정

## 실재계를 향한
## 찬란한 도약

"만약 당신이 누군가를 미워한다면 그 사람의 내면에 있는 무언가를 미워하는 것입니다. 우리 자신의 일부가 아닌 것은 우리를 방해하지 않습니다."

융의 시선으로 바라본 《데미안》이 '에고에서 셀프로 가는 길'의 아름다움을 보여준다면, 라캉의 시선으로 바라본 《데미안》은 어떨까요. 라캉은 인간의 마음을 투시하는 매우 흥미로운 개념을 제시하는데 그것은 상상계, 상징계, 실재계입니다. 상상계는 마치 디즈니 만화처럼 결국 모든 꿈이 이루어지는 환상적인 세계입니다. 어린 시절 꿈꾸던 행복이 가득한 세계, 아직 현실의 슬픔과 고통이 우리의 달콤한 상상을 방해하지 않던 세계입니다. 상상계의 원동력은 '이미지'입니다. 아이들은 그림책에 아무런 글씨가 없어도 이해하고 공감하고 손뼉을 치기도 하지요. 그런 이미지만으로도 충분히 소통할 수 있는 세계가 상상계입니다. 하지만 어른이 되려면 필연적으로 상상계의 안락한 공상을 벗어나야 하지요. 상상계를 지탱해 주고 있는 것은 부모나 주변 어른들의 사랑과 보살핌이기도 하거든요.

상상계를 통과하여 진입하는 상징계는 현실에 맞서 투쟁하는 진짜 어른의 세계지요. 내가 한 일에 책임을 지고, 생계를 꾸려가고, 현실의 온갖 고통을 이겨내며 살아가는 성숙한 삶의 세계입니다. 상징계의 원동력은 '언어'입니다. 상징계에서 우리는 언어를 통해 세상을 인식하고, 가능한 것과 불가능한 것을 배우며, 노동과 재능, 열정과 인내를 통해 세상과 연결됩니다. 그런데 인간은 상징계만으로는 만족할 수가 없지요. 이미지와 언어를 뛰어넘어 세계 자체, 몸 자체, 그리고 영원히 닿을 수 없는 그 무언가도 열망하게 됩니다. 이것이 실재계입니다. 실재계는 무의식의 세계까지 아우릅니다. 꿈에서 만나는 온갖 사건과 인물들, 불가능해 보이지만 우리가 항상 갈망하고 포기할 수 없는 모든 것이 실재계에 존재합니다. 실재계는 〈와호장룡〉이나 〈매트릭스〉처럼 뛰어난 고수들의 세계이기도 하고,

〈센과 치히로의 행방불명〉이나 〈해리 포터〉처럼 신비로운 환
상의 세계이기도 합니다. 실재계에서는 인간이 지닌 최고의 모
습과 최악의 모습이 공존할 수 있어요. 운동선수들이 온갖 부
상과 악조건을 극복하고 마침내 올림픽 금메달을 따는 것도
실재계의 기적이며, 〈지킬박사와 하이드〉에서 끔찍한 악행과
사악한 욕망을 저지르는 인간의 모습도 실재계의 어두운 그림
자입니다. 상상계, 상징계, 실재계에는 모두 빛과 그림자가 공
존하지요.

　상상계의 빛은 달콤한 공상과 행복한 느낌입니다. 그런데
상상계에 계속 머물고자 하는 사람은 아무것도 제대로 책임지
려 하지 않기 때문에 평생 성장하지 못하고 남에게 피해를 주
기도 합니다. 이것이 상상계의 그림자지요. '난 그런 힘든 이야
기는 싫다'며 고통받는 타인들의 이야기를 아예 듣지 않으려는
사람들도 있지요. 그들은 아직 상상계의 달콤한 세계에서 머
물고 싶은 것입니다. 상징계의 빛은 나의 삶을 내가 책임질 수
있는 성숙한 어른의 세계라는 점이지요. 상징계의 그림자는 현
실과 책임을 강조하다 보니 꿈의 세계, 가능성의 세계를 탐색
할 수 없다는 점입니다. 현실의 장벽에 가로막혀 우리로 하여
금 상상의 나래를 펼치지 못하게 만드는 것도 상징계의 그림자
입니다. 실재계의 찬란한 빛은 마침내 꿈이 이루어지는 세계의

아름다움이지요. 실재계를 꿈꾸지 않는다면 우리 인간은 현실의 테두리 안에서만 사유하고 행동하는 답답함을 벗어나지 못할 것입니다. 그런데 실재계는 무의식의 가장 어두운 부분, 악몽까지도 포함하는 세계이기에 때로는 내 안의 공포와 절망을 견뎌내는 강인함이 필요합니다. 당신은 상상계, 상징계, 실재계, 그 어디쯤 머물고 있는지요. 인간은 이 세 가지 세계 모두가 필요하고, 이 세계 모두의 빛과 그림자를 끝내 감당할 수 있는, 아주 복잡하고 풍요로운 정신의 구조를 지닌 존재입니다.

그렇다면 《데미안》의 싱클레어가 아직 크로머도 데미안도 모르던 세계가 '상상계와 상징계' 사이 그 어디쯤이 아닐까요. 언어로 소통하는 세계의 법칙을 알기에 상징계로 이미 진입한 상태이긴 하지만, 아직 인생의 쓴맛을 전혀 모르는 어린이였기에 상상계의 쾌락을 더 많이 느끼고 있었지요. 고난을 겪는 사람들의 세계를 '상상'만 하고 아직 그 고난의 고통을 모르기 때문에 '어둠의 세계, 나쁜 일들이 일어나는 세계'를 은밀히 동경하기까지 합니다. 아직 상징계로 완전히 진입하지 못한 것이지요. 하지만 크로머와 만나 괴롭힘을 당하면서, 그리고 그 나쁜 일들을 부모님께 말씀드리지 않고 스스로 감당하기 시작하면서, 싱클레어는 진정한 상징계의 세계로 진입합니다. 마침내 고난의 세계에 발을 들입니다. 하지만 아직 준비되지 않았지요.

시험을 봐서 상급학교에 진학한다든지, 열심히 일을 배워서 재능과 솜씨를 갈고닦는다든지, 체력을 단련해서 운동을 잘하게 되는 것 같은 보편적인 성장의 단계가 상징계로 진입하는 과정입니다. 그 과정에서 부모의 도움, 친구나 선후배의 도움을 받으며 우리는 성장하는 것이지요.

하지만 싱클레어에게는 상징계를 향한 입문이 매우 고통스러운 '사건'을 통해 진행되지요. 악동 크로머는 마치 사악한 주인이 노예를 괴롭히듯 잔인한 방식으로 싱클레어를 괴롭힙니다. 그로 인해 싱클레어는 너무 일찍 세상의 쓴맛을 알아버립니다. 상징계로의 진입이 교육이나 공동체로의 편입 같은 평화로운 과정으로 진행되는 것이 아니라 '예측 불가능한 사건'으로 시작되기에 크로머의 어린 시절은 잿빛으로 변합니다. 상상계의 달콤한 행복이 너무도 아름다웠기에 이 끔찍한 괴롭힘은 더더욱 어둡고 잔혹하게 느껴집니다. 하지만 싱클레어는 이 힘겨운 상황에서도 '상징계의 성장통'을 이겨내는 놀라운 강인함을 보여줍니다. 데미안은 그렇게 홀로 고통을 감내하려고 하는 싱클레어의 강인함과 고결함을 첫눈에 알아본 게 아닐까요. 데미안은 싱클레어를 처음 보는 순간 그의 총명함을 알아보고 관심을 가집니다.

진정한 어른이 되기 위해 우리는 수많은 고통을 겪어야 하는데요. '나의 고통을 내가 홀로 책임지는 과정'이 가장 힘들지요. 그런데 싱클레어는 그 힘겨운 과정을 홀로 해내려고 노력합니다. 겨우 열 살에서 열한 살이 되어가는 소년임에도 말이지요. 하지만 그 과정이 너무 고통스러워 신경쇠약 증세를 겪게 됩니다. 밥도 제대로 먹지 못하고 학교도 나가지 못하고 끙끙 앓습니다. 만약 《피터팬》의 웬디 엄마나 《작은 아씨들》의 마치 부인이었다면 아이를 이렇게 놔두지는 않았을지도 모릅니다. 훨씬 더 다정하고 세심하게, 지혜롭고 강인하게 아이의 고통을 함께 이겨냈을 것입니다. 하지만 싱클레어의 부모는 아들이 겪고 있는 고통의 원인을 제대로 간파하지 못하지요. 아이가 아파하는 원인을 꿰뚫어 보지 못한다면 제대로 알아내려는 노력이라도 해야 할 텐데, 그러지도 못합니다. 그저 걱정하고 안타까워하며 초콜릿을 주는 것이 전부지요. 어머니가 주는 초콜릿을 싱클레어가 강하게 거부하는 장면은 매우 의미심장하게 다가옵니다. 그런 '사탕발림'식 교육은 통하지 않는다는 것이지요.

아이가 아프다고 어쩔 줄 모르며 초콜릿을 꺼내주는 그런 사랑의 방식은 너무 많은 것을 알아버린 싱클레어에게는 통하지 않는 것이었습니다. 엄마는 착한 사람이긴 하지만 싱클레어의 고통을 이해하고 공감할 만한 가능성을 보여주지 않지요.

아버지는 엄격한 사람이기에 싱클레어의 고민을 털어놓을 만한 아량이나 틈새를 찾기가 어렵습니다. 싱클레어가 신발에 진흙을 묻혀 왔다며 혼내기나 하지요. '더러움'이나 '다름'을 용납하지 못하는 사람처럼 보여요. 그런 편협함이 싱클레어를 갑갑하게 합니다. 게다가 누이들은 싱클레어를 안타깝게 바라보긴 하지만 '귀신 들린 불쌍한 아이'처럼 바라봅니다. 가족 중 누구도 싱클레어의 고민과 아픔을 이해해 줄 것 같은 느낌이 들지 않았던 것이지요.

상징계의 고통은 이렇게 다가옵니다. 내 아픔을 내가 다 책임져야 할 것 같은 두려움. 하지만 바로 이때가 우리의 지혜와 용기를 시험할 절호의 기회이기도 합니다. 이때 데미안이 다가와 싱클레어에게 카인의 이야기를 들려주며 너는 '다른 아이들과 다른 존재'라는 이야기를 해주지요. 데미안은 싱클레어가 고통 속에 굴복하지 않기를 바랍니다. 크로머를 때려죽여서라도 그런 악당으로부터 네 삶의 주도권을 절대 빼앗겨서는 안 된다고 강하게 주장하지요. 데미안이 싱클레어의 고민을 간파하면서 그의 머릿속에 있는 두려움의 실체를 꿰뚫어 버리자, 싱클레어는 당황하면서도 반가움을 느끼지요. 이 세상에 내 마음을 이해해 주는 단 한 사람이 드디어 생겼으니까요.

싱클레어는 드디어 '혼자가 아님'을 깨닫게 됩니다. 구원의 예감이 강렬하게 밀려들기 시작해요. 그런데 그즈음 싱클레어가 악몽에 시달립니다. 그 악몽의 세계는 실재계의 모습을 보여주는 것입니다. 싱클레어의 악몽은 마치 성장통처럼 보여요. 아픔의 흔적과 성장의 가능성을 동시에 내포하고 있는 것이지요. 싱클레어의 꿈에서는 크로머가 자신의 몸을 누르면서 여러 가지 나쁜 짓을 시키는 장면이 나옵니다. 그런데 그 크로머의 이미지가 데미안으로 바뀌기도 하지요. 크로머에 대한 두려움과 데미안에 대한 두려움이 같은 꿈에서 나온다는 것이 의미심장합니다. 크로머는 정말 싱클레어에게 '겁을 주는 사람'이고 악당이라면, 데미안은 도움을 주는 사람이고 좋은 사람이잖아요. 그런데 연약한 싱클레어의 입장에서는 둘 다 두려운 거예요. 실재계적인 불안으로 보입니다. 실재계의 그림자가 크로머라는 악당으로 나타난다면, 실재계의 찬란한 가능성이자 빛은 데미안이라는 멘토로 나타난 것이 아닐까요.

그런데 크로머와 데미안, 두 사람의 공통점이 있어요. 크로머에 대해서도, 데미안에 대해서도, 둘 다 누구에게도 말할 수 없다는 것이지요. 말할 수 없다는 것은 상징계, 즉 현실의 세계에서 처리하기 어려운 문제라는 뜻이기도 해요. 언어로 표현되지 못한 공포와 불안이 꿈으로 나타나는 것, 이것이 실재계의 불안이지요. 그런데 그 꿈속에서 또 하나의 놀라운 사건이 일어납니다. 크로머가 칼을 갈아서 싱클레어의 손에 쥐어 주는 거예요. 저 사람을 죽이라고, 이 칼로 저 사람을 죽이라고 부추깁니다. 그것만으로도 너무 두려운데요. 크로머가 죽이라고 시킨 사람은 싱클레어의 '아버지'였던 것이지요. 꿈속이지만 너무 끔찍하지요. 그런데 이 꿈은 프로이트와 라캉의 입장에서도 해석할 수 있고, 융의 입장에서도 해석할 수 있습니다. 프로이트와 라캉의 눈으로 바라보면 '아버지를 죽이라'는 꿈속의 메시지는 오이디푸스 콤플렉스와 연결되겠지요. 아버지와의 경쟁과 대결 구도가 형성되면서, 자신을 끊임없이 방해하던 아버지를 뛰어넘어 어른이 되고 싶은 싱클레어의 무의식이 드러난 꿈으로도 해석할 수 있어요.

융의 시선으로 보면 또 다른 의미로 다가옵니다. 꿈속에서 부모가 죽는다면 그것은 새로운 삶을 향한 이행, 인생의 새로운 국면을 향한 또 다른 시작이자 부활로 해석할 수도 있어요. 융이라면 이 꿈을 '성장과 극복의 드라마'로 해석하고 싶어 할 것 같습니다. 실제로 이 꿈의 상징이 이끄는 대로 《데미안》을 읽다보면, 이 꿈이 결코 나쁜 것이 아님을 알 수 있어요. 이 꿈은 싱클레어의 성장과 극복, 치유를 향한 디딤돌이 될 수 있어요. 데미안은 싱클레어로부터 크로머를 분리시키고, 크로머가 싱클레어 곁에 다시는 얼씬거리지 못하도록 조치하지요. 그리고 싱클레어는 아버지와 카인에 대한 대화를 나누고 아버지와는 데미안처럼 깊이 있는 이야기, 마음을 터놓고 진심을 이야기하는 경지에 도달할 수 없다는 것을 깨닫습니다. 아버지는 '카인을 데미안 식으로 해석하는 싱클레어'를 용납할 수 없었던 것이지요. 싱클레어는 아버지를 뛰어넘고 싶어 하고, 아버지와 다른 삶, 어쩌면 데미안의 세계, 카인의 세계로 가고 싶어해요. 아직 그 의미를 알기 전의 이 꿈은 미래를 향한 일종의 계시처럼 읽힐 수도 있겠지요. 자신을 가스라이팅하던 무시무시한 적, 크로머를 뛰어넘어, 아버지조차 뛰어넘어, 데미안의 세계로 나아가고 싶은 싱클레어의 마음이 이 꿈속에서 드러나는 것 같습니다.

싱클레어가 아직 상상계에 머물러 있을 때는 악당들의 세계, 어두운 그림자의 세계조차 매혹적이었지요. 이 단계는 상상계에 더욱 가까워 보여요. 상상계에 머물러 있을 때는 모험조차도 달콤합니다. 파란만장한 모험을 마치고 돌아와도 부모님의 따스한 세계가 마치 기다렸다는 듯이 그대로 있기 때문입니다. 피터팬과 마음껏 모험을 즐기고 돌아와도 여전히 아이들을 사랑하는 부모가 따스한 미소로 아이들을 받아주는 웬디네 집처럼. 그러나 상징계는 다릅니다. 현실의 고통을 피할방법이 없지요. 싱클레어가 크로머에게 괴롭힘을 당하고 있을 때 아무도 도와주지 않는 세계가 상징계입니다. 싱클레어는 이 가혹한 상징계의 현실에서 반드시 자력으로 살아남아야 하는 것이지요. 그러나 안타깝게도 너무 어리고 힘이 없어요. 그 순간 기적처럼 나타난 존재가 데미안이라는 타인입니다. 데미안은 피터팬과 달리 동화 속의 상상적 인물이 아니라 실제로 있을 법한 인물입니다. 데미안은 매우 총명하고 뛰어난 존재지만, 보통 사람과 똑같은 신체 구조를 가졌기에 총알을 맞으면 죽는 '사람'입니다. 상상계의 피터팬처럼 날아다닐 수도 없지요. 하지만 데미안은 싱클레어의 주변에 있는 모든 사람과 달라요. 실재계의 심오한 이야기까지 함께 나눌 수 있는 사람이라는 점에서 말이지요. 데미안처럼 강인하고 지혜로운 사람, 그 어떤 고통도 이야기할 수 있고, 함께 극복할 수 있는 사람. 이런 사람과는 실재계의 아픔과 사랑을 함께 할 수 있습니다.

데미안은 상징계에서 느끼는 고통으로부터 싱클레어를 구해주었습니다. 아직 싱클레어는 자신을 지킬 수 없었기에. 하지만 구원의 대가는 컸습니다. 뭔가 커다란 빚을 진 느낌. 내가 날 구하지 못하고 타인이 나를 구했다는 느낌에 개운치 못합니다. 싱클레어는 그 빚진 듯한 감정과 대면하고 싶지 않아서, 자신이 작아지는 느낌이 싫어서 다시 상상계의 쾌락으로 한동안 도피합니다. 부모님의 환하고 선량한 세계, 누이들의 다정하고 예의 바른 세계, 그렇게 그 어떤 세계의 고통도 틈입할 수 없을 듯한 달콤한 동화 같은 세계로 일단 후퇴하지요. 그러나 예전에 느끼던 행복감을 지금은 느낄 수 없습니다. 데미안의 존재를 알아버렸기에. 카인의 세계를 알아버렸기에. 그래서 데미안의 세계에 속하고 싶어진 싱클레어는 다시 데미안과 친해지지만, 그가 너무 깊이 데미안의 생각으로 들어가려 하자 데미안은 마치 결계를 드리우듯 자기 안으로 깊이 침잠하여 싱클레어를 밀어냅니다. 마치 아름다운 우정을 쌓는 것이나 훌륭한 스승을 곁에 두는 것은 아무나 할 수 없으니, 너는 좀 더 인생을 공부해야 할 것 같다고 느끼게 합니다.

그리고 몇 년이 지나 싱클레어가 아프락사스의 의미를 탐구하기 시작하자 마침내 데미안은 싱클레어를 자신의 세계 속으로 초대합니다. 비로소 카인의 징표를 이해하게 된 싱클레어를. 마침내 알에서 깨어날 준비가 되어 있는 싱클레어를 만날 때까지. 데미안은 싱클레어가 계속 방황하고 모색하고 수련하고 탐구하기를 기다립니다. 그렇게 그들은 험난하고 복잡하며 아름답고 신비로운 실재계의 세계를 향해 함께 뛰어들게 됩니다. 그 세계는 데미안이 설령 전쟁터에서 세상을 떠난다고 하더라도, 결코 헤어지지 않는 세계기도 합니다. 상징계의 차원에서는 데미안이 죽음을 맞이하지만, 실재계의 차원에서는 데미안과 싱클레어가 그 어느 때보다도 '하나'의 존재로 연결된 것입니다. 싱클레어가 데미안을 부르면 말을 타고 오거나 기차를 타고 오는 세계는 상징계의 현실이었지요. 하지만 데미안이 세상을 떠난 뒤에도 두 사람은 '하나의 차원'으로 연결되어 있습니다. 데미안은 이제 말을 타고 오거나 기차를 타고 올 수 없지만, 싱클레어가 데미안을 간절히 부를 때마다 이제 데미안은 언제나 그의 영혼 '안에' 존재하게 되지요.

그것은 실재계의 아름다움, 실재계의 신비와 기적이기도 합니다. 그 사람의 세계를 받아들이고 이해하고 공감한다면, 그 어떤 상황에서도, 심지어 죽음이 그와 나를 갈라놓을지라도, '우리'는 하나일 수 있는 세계. 아름다운 우정이나 사랑은 끝내 인간의 한계를 뛰어넘어 실재계의 심연으로까지 우리를 이끌어갈 수 있습니다. 그 무엇도 우리를 갈라놓을 수 없는 세계, 에바 부인의 키스가 데미안을 통해 싱클레어의 영혼으로 전달되는 기적 같은 아름다움이 실재계에서 펼쳐집니다.

# 우리는 모두
# 미친 사람입니다

융에 따르면 밤은 꿈을 통해 낮에 잊힌 신화를 말해줍니다. 인류의 무의식, 개인의 무의식이 '꿈'으로 나타난다면 인류의 무의식은 '신화'로 나타납니다. 융이 제일 많이 분석했던 것 중의 하나가 여러 나라의 신화입니다. 유럽 신화를 많이 연구했지만 동양 신화도 연구했습니다. 그가 동양 신화와 불교를 연구한 이유는 인류의 무의식을 보여주는 훌륭한 증거이자 자료이기 때문이었습니다. 우리 인류의 문화는 상상력을 통해 만들어졌습니다. 상상력이 없다면 우리는 컴퓨터는커녕 불도 제대로 다루지 못했을 것입니다. 다른 동물들은 지금도 불을 못 쓰잖아요. 인간이 불을 자유자재로 활용하여 온갖 문명의 도구나 예술품을 만들어 내는 것은 정말 대단한 기술이지요. 예전에 유리공예를 하는 베니스 장인을 본 적이 있습니다. 그 뜨거운 유리를 동그랗게 풍선처럼 불기도 하고, 톡톡 두드려서 강아지 공예품이나 그릇, 팔찌나 목걸이까지 만드는 놀라운 기술을 눈앞에서 보니 어안이 벙벙하더군요. 와, 오직 인간만이 불을 사용하여 이렇게 할 수 있겠구나, 라는 생각도 들었어요. 우월감이 아니라 신기함이었습니다. 인간의 빛, 즉 인간의 재능과 기술은 과연 어디까지 갈 수 있는가 하는 생각이 들었어요. 반면 불은 무서운 도구이기도 해요. 건물 한 채는 물론 거대한 산 전체를 한순간에 잿더미로 만들어 수많은 사람과 동물, 나무까지 모두 죽기도 합니다. 이것이 문명의 빛과 그림자입니다. 인간은 그런 존재입니다. 찬란한 빛과 무시무시한 그림자를 함께 품어 안은 존재라는 것. 우리는 인간이 그런 존재임을 늘 잊지 말아야 합니다. 아프락사스가 경고하는 것도 그런 점입니다. 아프락사스 자체가 인간이 지닌 최고의 가능성과 최악의 그림자를 동시에 품어 안고 있는 무시무시한 존재이기도 합니다.

인간은 빛과 그림자를 함께 가지고 그 빛과 그림자를 통해서 문명을 창조해 온 존재입니다. 그래서 밤에 꾸는 꿈에 주목해야 한다는 것입이다. 적극적인 명상도 중요해요. 나도 모르는 나의 그림자를 깨닫는 시간이거든요. 생각이 흘러가도록 내버려 둘 필요도 있어요. 그럴 때 자신의 그림자를 깨닫기도 하니까요. 전 예전에 '우리집은 사랑이 넘쳐나는데, 나는 왜 이렇게 자존감이 부족한 아이로 자랐을까'라는 질문을 던져 보았는데요. 생각해 보니 '사랑'과 '존중'은 다른 것이었어요. 저는 '사랑'은 아주 많이 받고 자랐지만 '존중'은 아주 부족한 분위기에서 자란 것이지요. 사랑은 '내 아이에 대한 애착'만으로도 성립되지만, 존중은 '내 아이'라는 소유욕을 버려야 다다를 수 있는 감정입니다. 내 아이에 대한 거리 두기가 이루어져야 존중도 가능한 것이지요. 내가 낳은 나의 아이라도 한 사람의 인간으로서 존중하는 마음이 부모에게 필요해요. 저희 부모님 세대는 본인들도 그런 '존중'을 받지 못했기에 우리에게도 주기 힘들었던 것이지요.

그것을 이해하니까 부모님에 대한 원망도 사라지고, 이해하는 마음도 싹트게 되었어요. 내 그림자를 이해하니까 비로소 타인의 그림자를 존중하는 마음도 생기더군요. 저는 사랑은 받았지만 존중은 받지 못했기 때문에, 툭하면 '계집애가 무슨', '어린애가 무슨'이라는 말을 달고 사는 주변 어른들이 많았기 때문에, 충분히 내 생각과 감정을 존중받지 못했다는 것을 알게 되었어요. 지금 제가 이렇게 심지어 '의외로 외향적인 면이 있다'든지 '글에서 보는 모습보다 훨씬 적극적'이라는 말을 듣게 된 것은 엄청난 변화이기도 합니다. 왜냐하면 내가 나를 존중하기 시작한 이후에 자신감도 생기고, 숨겨진 외향성도 발견하게 된 것이거든요. 그렇다면 나의 무엇을 존중하라는 말일까요. 우선 우리는 우리 자신의 생각과 감정, 마음, 나아가 우리의 존재 자체를 있는 그대로 존중받아야 하지 않을까요.

인류의 집단무의식을 '신화'가 전달해 준다면, 개인의 무의식은 '꿈'이 전달해 줍니다. 융은 밤에 꾸는 꿈이야말로 우리가 낮에 잊고 있었던 신화를 일깨운다고 생각했지요. 낮에는 일상의 여러 가지 고민에 치여 잊고 있었던 신화가 밤이 되면 깨어나게 됩니다. 그리하여 우리는 밤의 이야기, 신화적인 꿈, 내 안의 숨겨진 신화적 스토리를 들려주는 꿈에 귀를 기울여야 합니다. 밤의 꿈뿐만 아니라 낮의 꿈, 몽상daydream 또한 그렇습니다. 예술가들은 낮에도 쉼 없이 꿈을 꾸는 사람들이지요. 낮에도 자유롭게 몽상해야 더 창조적인 아이디어가 샘솟을 테니까요. 낮의 몽상 속에는 광기도 숨어 있습니다. 꿈을 꾼다는 것은 현실과 논리를 뛰어넘는 일입니다. 꿈의 위험 중 하나는 자기 안의 '광기'와 대면하는 것이지요. 온갖 분노와 절망과 미칠 것 같은 감정들이 모여 있는 그곳이야말로 무의식이니까요. 하지만 예술가들은 그 광기나 우울에 '충만한 생명력'을 부여

함으로써 자신의 어둠까지도 아름다운 예술작품으로 승화시킵니다. 그런 용기가 우리에게도 필요하지요.

융은 '전혀 광기가 없는 사람은 없다', '조금이라도 미치지 않은 사람은 없다'고 봤어요. 인간 안에 본질적으로 광기가 숨어 있다고 봤던 것이지요. 완전히 백 퍼센트 정상적인 사람은 없다는 것입니다. 정상적으로 살아야 한다는 것, 정상이어야만 한다는 것, 그게 잘못된 환상이라는 말입니다. 그래서 누구나 광기가 있는데, 그 광기 속에서 뭔가 배울 점이 있다고 봅니다. 광기를 경멸의 대상으로 바라보지 않는다면, 광기 속에서 새로운 생명력과 창조성을 발견할 수도 있습니다. 즉 광기를 창조성으로 승화시키는 것, 그것이 예술가들의 재능이지요. 마크 로스코나 잭슨 폴록의 그림을 생각해 보세요. 거기에는 어둠과 광기도 분명히 있거든요. 그 광기와 불안과 그림자, 그 힘겨운 장애물이 없었다면 그런 작품들을 만들 수 있었을까요? 고흐와 도스토옙스키도 마찬가지입니다. 그들은 트라우마라는 어둠 속에서 오히려 눈부신 예술작품의 빛을 창조해 내니까요. 이렇게 트라우마를 마침내 예술이라는 빛으로 승화한 사람들을 떠올려 보면, 융의 명언 '인간이라는 존재는 아래로도 자란다'는 의미가 더욱 명확해집니다. 광기, 그림자, 슬픔, 트라우마가 짙어질수록 오히려 더욱 위대한 것을 창조해 내는 사람들을 통해 '존재는 아래로도 자란다'는 말을 더욱 명확하게 이해할 수 있습니다.

뭉크의 그림도 그렇습니다. 뭉크는 유난히 트라우마와 우울감이 심각한 사람이었지만, 그 엄청난 그림자를 위대한 예술을 향한 도약의 발판으로 삼았지요. 그가 광기와 분노, 공포와 같은 어두운 감정을 캔버스에 더욱 솔직하게 그려낼 때마다 대중은 열광했습니다. 가족과 친지 중에 일찍 세상을 떠난 사람도 많았고, 사랑했던 여성들과는 한결같이 온갖 상처를 서로 주고받으며 비극적으로 이별하는 동안 그의 가슴에는 트라우마도 쌓였지만 예술을 향한 끊임없는 영감도 쌓여갔던 것이지요. 물론 의식적인 것은 아니었을 거예요. '이 상처를 꼭 그림으로 표현해 보자'고 의도한 것은 아닐 수도 있지요. 하지만 그는 자신도 모르게 자신의 상처를 그림 속에 더 깊이 새겨 넣을수록 작품의 완성도가 더욱 높아진다는 것을 깨닫지 않았을까 싶어요. 뭉크의 그림을 보고 있으면 그는 한 사람의 겉모습이 아니라 '상처 입은 영혼' 자체를 그렸다는 생각이 듭니다. 연인이 떠나고 나서 그녀는 훨훨 날아갈 듯 자유로워 보이는데 남겨진 남자는 가슴에서 피를 흘리고 있는 것 같은 그림도 있지요. 떠나간 연인의 머리카락이 그의 목을 칭칭 감아서 질식할 것 같은 고통을 보여주기도 해요. 사랑하는 여인이 다른 남자를 더 사랑해서 질투에 사로잡힌 자신의 모습을 솔직하게 그리기도 했지요. 이렇듯 우리에게 잘 알려진 〈절규〉 말고도 불안과 우울감으로 힘겨워하는 현대인의 무의식 속 그림자를 표현한 뭉크의 그림은 엄청나게 다양합니다. 이렇게 '그림자 속에서 진짜 나 자신을 발견하는 것'이야말로 '셀프의 발견'입니다. 상처 입은 영혼이야말로 우리가 보살피고 대면해야 할 가장 소중한 '셀프'의 모습이 아닐까요. 뭉크의 작품이 시간이 갈수록 더 뜨거운 사랑을 받는 이유는 그의 그림들을 통해서 우리 영혼의 그림자를 발견할 수 있기 때문입니다.

융은 인간의 '빛', 즉 재능이나 열정이나 잠재력뿐만 아니라 인간의 '그림자', 다시 말해 트라우마와 콤플렉스를 알아야만 인간을 전체로서 바라볼 수 있다고 생각했습니다. 현대인들은 자신의 그림자를 절대 들키지 않으려는 페르소나의 연기력이 거의 정점에 이르렀기 때문에 그림자를 발견하는 것이 점점 어려워집니다. 그리하여 데미안이 싱클레어의 트라우마를 한눈에 알아보는 눈, 즉 타인의 그림자를 투시하는 마음의 눈은 더욱 소중하게 느껴집니다. 내가 미주알고주알 설명하지 않아도 내 상처를 한눈에 알아보는 사람을 만나면, 우리는 결국 그에게 마음을 열어 보일 수밖에 없지요. 내 상처를 알아봐 주는 사람, 내 상처에 귀를 기울여 주는 사람이야말로 내 '빛'만을 사랑하는 사람이 아니라 '그림자'까지 사랑하는 사람, 나를 있는 그대로의 복잡함 자체로 받아들여주는 사람이니까요.

빛과 그림자를 모두 포함하는 우리의 전일성wholeness을 받아들일 때 우리는 개성화를 향한 더 힘찬 발걸음을 시작할 수 있습니다. 전일성은 참으로 매력적인 개념이에요. 그림자가 짙은 사람이 오히려 더 매력적으로 보일 수도 있거든요. 빛만 찬란한 사람, 그저 해맑고 밝기만 한 사람은 오히려 단순해 보이지요. 무의식의 그림자와 빛 사이를 오가며 끊임없이 개성화를 향해 정진하는 사람이 아름다운 삶의 주인공이 됩니다. 제 책을 사랑해 주신 독자 S님이 저에게 아름다운 손편지를 보내 주었는데요. S님은 저에게 이런 꿈을 이야기해 주었습니다. 꿈속에서 너무 안쓰럽고 힘들어 보이는 한 아이가 학교 구석에서 홀로 추위에 떨고 있길래 따스한 외투를 입혀주고 몸을 따뜻하게 해주려고 했는데, 꿈에서 깨고나니 그렇게 홀로 외롭게 떨고 있는 가여운 아이가 자신의 '내면아이'임을 깨닫게 되었다는 거예요.

저의 책 《나의 어린 왕자》와 《상처조차 아름다운 당신에게》를 읽고 보내주신 편지였는데, 그 편지를 보면서 저도 울컥했습니다. 독자가 자기 무의식 깊은 곳에서 홀로 울고 있는 내면아이를 발견하고 그 그림자아이를 잘 보살펴 줌으로써 마침내 자기 안의 햇빛아이를 만나는 과정을 지켜보는 일. 그것이 제가 작가로서 꿈꾸는 가장 아름다운 이상임을, 더 높은 나를 향한 길의 일부임을 깨닫게 된 것이지요. 개성화는 이렇게 홀로 독야청청한 것이 아니라 '상처 입은 두 영혼의 만남'으로 더욱 간절하게 빛을 발할 때가 있습니다.

나와 너무 다른 존재와 사랑에 빠진다거나, 나에게 전혀 없는 점들만 골라서 가지고 있는 친구에게 마음이 끌리는 것이 개성화의 욕망입니다. 개성화는 영혼과 영혼 사이의 화학반응입니다. 서로 너무 다른 삶을 살아온 싱클레어와 데미안이 만나서 깊고 쓰라린 우정을 나누고, 싱클레어가 자신에게 부족한 모든 것을 가지고 있는 에바 부인에게 한없이 끌리는 마음. 이렇게 나와 전혀 달라 보이는 존재를 향한 멈출 수 없는 이끌림이 우정과 사랑의 형태로 나타나고, 그 영혼 사이의 화학반응으로 인해 개성화의 길은 더욱 찬란하게 빛을 발합니다. 싱클레어가 데미안을 만나지 못했다면 크로머로 인해 인생이 완전히 나락으로 떨어졌겠지요. 싱클레어가 에바 부인을 사랑하지 않았다면 이 이야기는 그저 '우정의 서사'로만 밋밋하게 끝났을지도 모릅니다. 하지만 사랑과 우정 어느 것 하나도 결코 쉽지 않았기에, 그 혹독한 외로움과 그리움을 통해 싱클레어는 파란만장한 개성화의 여정 위에 우뚝 설 수 있었습니다.

# 닫는 말

## 이런 나에게도
## 아프락사스가 올까요?

"언니, 저에게는 왜 나쁜 일만 일어날까요?"

교통사고 때문에 오랫동안 고생해 온 후배가 저에게 이런 질문을 했습니다.

가슴 시릴 정도로 열심히 살아온 친구인데, 정말 나쁜 일이 많이 일어났습니다. 뛰어난 능력으로 좋은 회사에 들어갔지만 번번이 후배를 '키워주지 않는 상사들'을 만났고, 자신의 꿈을 키워주기는커녕 짓밟는 사람들이 너무 많았습니다.

교통사고 후유증도 오래갔지요. 큰맘 먹고 취직한 회사였지만 새로운 꿈에 도전하기 위해 당당하게 사표를 던지고 나왔는데, 마침 그때 교통사고가 났고, 새로운 길에 도전하기 위한 시험이 그만큼 지체되었습니다. 건강한 상태에서 시험을 볼 수 없었으니, 매일 누워서 허리 통증을 참아가며 시험 준비를 하느라 최선을 다하지 못했습니다. 지금은 또 다른 황당한 사건이 터져서 '도대체 나에게는 왜 이런 일이 일어나는가'라는 생각 때문에 하루하루 버티는 것도 힘겨워하고 있습니다.

후배의 지난날을 되돌아보며 '나쁜 일들이 많이 일어났지만, 그걸 견뎌온 너의 용기가 더욱 눈부시다'는 것을 전하고 싶었습니다. 힘들 땐 토끼가 간을 넣어놓듯 저 멀리 햇빛 잘 드는 곳에 우리 마음을 잘 말리자고, 마음은 잠깐 토끼 간처럼 다른 곳에 널어두고 냉철한 이성만을 발휘해서 사건을 해결하자고 이야기했습니다. 언니랑 오래오래 이야기하는 것만으로도 안심이 된다는 후배의 말을 듣는 내내 가슴이 시렸습니다.

그것만으로는 안 되겠기에 '복'이라는 단어가 크게 인쇄된 사진을 보내주었습니다. 너에게 '복'을 '꼭' 아주 많이 보내주고 싶은 언니의 마음이 꼭 전해지기를 바라면서. 아픈 사람, 힘든 사람, 외로운 사람, 모두에게 온갖 복이란 복은 다 그러모아 보내드리고 싶은 밤, 저는 이 글을 쓰기 시작했습니다.

그 후배가 깊은 우울증에 빠져 밥도 제대로 먹지 못하고 샤워조차 할 수 없다며 흐느껴 올 때, 나는 이제야 내가 데미안이 될 시간임을 깨달았습니다. 나는 그녀가 내게 전해준 내면의 황금을 보살펴야 하는 사람이라는 생각이 들었습니다. 그녀는 오랫동안 숨겨온 트라우마는 물론 세상에 펼치지 못한 자신의 꿈까지 나에게 보여주었고, 그 모든 순간이 그녀가 지닌 내면의 황금이었던 것입니다. 나는 마침내 데미안이 되어 그녀를 도와야 한다는 절박한 내면의 부름에 응답해야 했습니다. 사실은 두려웠습니다. 내가 그렇게 중요한 일을 해낼 수 있을까. 내가 섣불리 나섰다가 그녀의 상황이 더 나빠지면 어떡할까. 이런 걱정에 잠을 이루지 못했습니다. 그건 에고의 목소리였지요. 하지만 내 안의 데미안이 꿈틀거리며 속삭였습니다. 그동안 도대체 뭘 배운 거니. 네 안엔 이미 데미안, 내가 있잖아. 그녀를 돕지 못한다면 너 자신 또한 돕지 못하는 거야.

　나는 내 안의 데미안이 속삭이는 목소리에 깜짝 놀라 얼른 그녀에게 전화를 걸었습니다. 이제부터 언니가 매일 너에게 연락할 거야. 밥을 먹었는지 체크하고, 샤워하라고 등 떠밀고, 산책하라고 이야기할 거야. 네가 너를 보살필 수 있을 때까지, 언니가 매일 너의 안부를 집요하게 챙길 거야. 저는 그렇게 한 달 넘게 매일 그녀에게 연락하고, 편지를 보내고, 아무리 멀리 있어도 우리가 함께임을 일깨웠습니다. 과일과 소고기와 햇반을 사서 보내고, 사용기한이 있는 카페 쿠폰을 보내서 그 기간 안에 반드시 몸을 움직여 그 카페에 가도록 했습니다. 움직여야 살 수 있기 때문입니다. 몸을 움직여야 마음을 움직이고, 마음을 움직여야 우울과 절망에서 자신을 구할 수 있기 때문입니다. 이윽고 그녀로부터 메일이 왔습니다. "정말 죽을 것 같았는데. 언니가 매일 나를 살리고 있어요." 그녀의 문장에서 드디어 서광이 비치기 시작했습니다. 며칠 지나니 그녀가 오히려 저보다 명랑해졌습니다. 너무 힘이 넘쳐서 뭐라도 할 수 있을 것 같다는 그녀의 목소리를 듣자, 그제야 마음이 놓였습니다. 이렇게 우리는 전화 한 통만으로도, 메일 한 통만으로도, 커피 쿠폰 한 장만으로도, 누군가를 구해낼 수 있습니다. 우리 안의 가장 따스한 빛을 비추어 누군가를 살려내는 마음, 그것이 바로 데미안의 영혼이니까요.

인생에서 나쁜 일이 일어날 때 우리는 좌절하고 상처받기 쉽습니다. 하지만 가장 아픈 순간에 신비롭게도 우리를 향해 구원의 손짓을 보내는 존재들이 있습니다. 마음이 따스한 친구일 수도 있고, 책 속에서 반짝이는 문장일 수도 있고, 어느 날 갑자기 탐스러운 꽃을 피워내는 나무일 수도 있습니다.

그 구원의 손짓 속에서 메시지를 읽어내세요. 타오르는 아프락사스의 메시지를. 날카로운 카인의 목소리를. 신비로운 에바 부인의 목소리를. 우리는 모든 곳에서 구원의 메시지를 읽어낼 수 있습니다. 우리 안의 아프락사스는 이렇게 속삭일 것입니다. "너는 그렇게 나약한 존재가 아니야. 너의 인생은 거기서 끝나는 것이 아니야. 너의 진짜 아름다운 인생은 여기서부터 시작되는 거야." 사람이 없을 때는 주변의 모든 자연환경이 나를 위로하는 것처럼 느껴질 때도 있습니다. 몇 년 전 소중한 사람을 잃은 슬픔으로 가득 차 파리로 간 적이 있습니다. 그때는 낙담하여 뭘 봐도 아름다움을 느끼기 힘들었는데, 문득 길을 걷다가 몽마르트르 언덕에 피어오른 쌍무지개를 발견했습니다. 날이 워낙 흐려 마음까지 함께 흐려졌는데, 흐린 날의 무지개는 마치 온 힘을 다해 슬픔에 지친 저를 응원해 주는 것만 같았습니다. 무지개는 제가 영원히 떠나보낸 그분의 목소리와 빛깔 같았습니다. 무지개는 저에게 이렇게 속삭이는 것 같았지요. "생의 아름다움을 거부하지 마. 아직 너에게는 아름다움을 느낄 수 있는 심장이 뛰고 있잖아." 몸이 있는 것도 아니고 목소리가 있는 것도 아닌 무지개가 마치 살아 있는 사람처럼, 세상을 떠나신 그분의 다정한 목소리처럼 느껴졌습니다. 그날 그 무지개가 저에게는 아프락사스의 화신처럼 느껴졌습니다.

이렇듯 아프락사스란 우리가 가장 아파하는 순간 우리를 뒤흔드는 생의 에너지입니다. 아직 끝나지 않았어, 시작일 뿐이야, 네 삶의 가장 아름다운 클라이막스를 지금부터 연주해 봐. 아프락사스는 저에게 이렇게 속삭이는 듯합니다. 아프락사스를 향해 날아오르는 삶은 절망에 멈추지 않습니다. 희망을 강요하지도 않습니다. 갑자기 긍정 마인드를 가지라며 힘을 내라고 독촉하지도 않습니다. 아프락사스는 삶의 어둠을 가만히 응시할 수 있도록, 조용히 기다려 줍니다. 생의 기쁨과 슬픔을 끝까지 경험하도록, 우리를 더욱 가파른 한계상황으로 내몰기도 합니다. 하지만 끝내 그 다채로운 생의 빛과 그림자를 다 경험한 뒤에는 더 나은 나를 보여줍니다. 빛과 그림자를 하나하나 체험한 뒤 마침내 더욱 지혜로워진 나, 더 이상 절망에 질식당하지 않는 나, 절망을 다 겪었기에 오히려 더욱 짙은 깨달음과 마주한 나를 보여줍니다. 그리하여 아프락사스는 언젠가 날아오를 당신의 잠재력을 끊임없이 상기시키는, 눈부신 영혼의 거울입니다.

세상의 시선에서 보면 모험은 위험하다. 왜일까. 모험을 시도하면 잃어버리는 것들이 있기 때문이다. 차라리 모험하지 않는 것이 현명할 것이다. 그러나 모험에 도전하지 않으면 우리는 자기 자신을 잃어버린다. 모험을 시도했다면 결코 잃어버리지 않았을 자기 자신을, 모험을 하지 않음으로써 너무나 쉽게 잃어버린다.

_ 쇠렌 키르케고르, 《죽음에 이르는 병》, 1849

안타깝지만, 지름길은 없습니다. 당신은 이 모든 과정을 다 거쳐야 합니다. 개성화를 위한 여정에는 쉽게 갈 수 있는 길도, 더 빠르게 갈 수 있는 길도 없습니다. 우리는 이 모든 과정을 다 거쳐야만 개성화를 향한 찬란한 길 위에 설 수 있습니다. 다행히도 우리에게는 '개성화의 도반'이 있습니다. 서로가 지치지 않도록 끊임없이 응원하고 다독일 수 있는 진정한 친구, 연인, 선후배, 지인이 있으면 됩니다. 《데미안 프로젝트》를 읽으시는 모든 분이 서로에게 아름다운 개성화의 도반이 되어줄 수 있는 더 높은 나the higher self를 향한 '편도 티켓'을 끊은 것이나 마찬가지입니다. 편도 티켓은 멋진 것입니다. 과거로 되돌아가서 개성화를 알기 전의 나로 돌아갈 수 없다는 뜻입니다. 당신이 일단 개성화의 아름다움을 알게 된다면, 당신은 개성화라는 무시무시한 유혹을 벗어나지 못할 것입니다. 누가 뭐래도 있는 그대로의 당신 자신이 되는 것만큼 더 아름다운 인생의 목표는 없으니까요. 유명인이 되라고, 성공한 사람이 되라고, 셀럽이 되고 인플루언서가 되고 백만 유튜버가 되라고 외치는 세상에서, 그 모든 유혹을 다 이겨내고 '그냥 나는 나 자신이 되고 싶어요'라고 결심한 당신이야말로 데미안의 친구, 싱클레어의 동지, 카인의 후예니까요. 아프락사스는 슈퍼카를 꿈꾸는 에고의 유혹을 이겨내고 마침내 데미안처럼, 싱클레어처럼, 에바 부인처럼 눈부신 개성화의 길 위에 서기로 한 당신을 끝까지 지켜줄 것입니다.

그러니 포기하지 말고 담대하게 나아가세요. 이 찬란한 이야기, 《데미안》에서 나오는 영롱한 무지갯빛 아름다움은 단 하나도 빠짐없이 모두 당신 것이니까요. 담대하게 한 걸음, 당당하게 한 걸음, 용감하게 한 걸음. 매일매일 그렇게 '더 높은 나'를 향한 간절한 개성화의 길을 한없이 걷는 당신을 위해, 저는 어디서든 당신의 모든 발걸음을, 온 마음을 다해 응원할 것입니다.

데미안 프로젝트

**제1판 1쇄 발행** 2024년 11월 24일
**제1판 2쇄 발행** 2024년 12월 21일

**지은이** 정여울
**펴낸이** 나영광
**책임편집** 이승원
**편집** 정고은, 김영미, 오수진
**영업기획** 박미애
**디자인** 형태와내용사이

**펴낸곳** 크레타
**출판등록** 제2020-000064호
**주소** 경기도 고양시 덕양구 청초로 66 덕은리버워크 B동 1405호
**전자우편** creta0521@naver.com
**전화** 02-338-1849
**팩스** 02-6280-1849
**포스트** post.naver.com/creta0521
**인스타그램** @creta0521
**ISBN** 979-11-92742-38-0 (03810)